炉边独语

陈梦家散文精选

陈梦家 著

泰山出版社·济南·

图书在版编目（CIP）数据

陈梦家散文精选 / 陈梦家著. -- 济南：泰山出版社，2023.7

（炉边独语）

ISBN 978-7-5519-0789-7

Ⅰ.①陈… Ⅱ.①陈… Ⅲ.①散文集－中国－现代 Ⅳ.① I266

中国国家版本馆CIP数据核字（2023）第093891号

LUBIAN DUYU　CHENMENGJIA SANWEN JINGXUAN

炉边独语：陈梦家散文精选

责任编辑　池　骋
装帧设计　路渊源

出版发行　泰山出版社
　　　　　社　址　济南市泺源大街2号　邮编　250014
　　　　　电　话　综　合　部（0531）82023579　82022566
　　　　　　　　　出版业务部（0531）82025510　82020455
　　　　　网　址　www.tscbs.com
　　　　　电子信箱　tscbs@sohu.com
印　刷　山东通达印刷有限公司
成品尺寸　150 mm×230 mm　16开
印　张　11.75
字　数　147千字
版　次　2023年7月第1版
印　次　2023年7月第1次印刷
标准书号　ISBN 978-7-5519-0789-7
定　价　39.00元

凡　例

一、本书收录了作者的散文经典文章或片段节选，主要展现了作者的学术历程、情感操守，以及当时的时代风貌等。

二、将所选文章改为简体横排，以适应当代的阅读习惯。所选文章尽量依照原作，以保持文章的时代韵味，部分内容参照当下最新的整理成果进行了适当修改。

三、所选文章没有标题或者标题重复的，编辑时另行拟加或改拟。

四、对有些当时惯用的文字，如"的""地""得""作""做""哪""那""吧""罢""化钱""记帐"等，仍多遵照旧用。

目录

001　你披了文黛的衣裳还能同彼得飞

018　狱

022　某女人的梦

035　一夜之梦

046　某夕

054　七重封印的梦

059　五月

064　青的一段

092　论朋友

098　诗的装饰和灵魂

102　文艺与演艺

104　文学上的中庸论

- 108　艺术家的闻一多先生
- 113　纪念志摩
- 120　谈谈徐志摩的诗
- 128　谈后追记
- 133　铜鼎
- 139　论简朴
- 143　论间空
- 147　论人情
- 151　要去看一次曲剧
- 153　我们当编辑的
- 157　两点希望
- 160　书语
- 164　清华大学文物陈列室成立经过
- 169　敦煌在中国考古艺术史上的重要
- 176　中华民族文化的共同性
- 181　洛阳出土嗣子壶归国记

你披了文黛的衣裳还能同彼得飞

第一部

第一函

玮德已在医院里呻吟多日，我带着愁闷的心在烈日下来去。在这种情形时读你来的信是好如看见一个含笑的仙子。

从一群矫情虚伪的大人那里脱开，在玄武湖上沉浸在美丽的黄昏中，听极葱茏的youth对语，我的青春 那得不回光返照！

在"新月"看见你的"一夜之梦"，与其说一句陈套语"佩服"，不如说喜欢。你写的文字同你说的话一样有含韵的气味。

少年的真，确是最可宝贵的，虽然有些人爱说"这是缺少经验"。其实经验不过把人的脑骨蒸成糯米饭，方圆尖扁可以任脑子里印成的模型来捏造。

秉着烛点着蚊香写这封信，汗仍然在手背上发出星星的锡光。上帝实在是恨透了亚当夏娃，且迁怒于他们的子孙，只看一年四季到底有多少好日子给人过？

五月六日，令孺。

第二函

这是在清晨,一阵梧桐叶子的声音唤醒我。原来又在刮大风。听说这几天飓风的尾子拖过南京,所以这样凉,但是我们闭上眼,可以看见那海洋的波涛,就像山壑一般的在起伏;浮在海上像一只沙鸥的轮船,嘘口黑气随着波涛颠簸;中国海边有几只世界上最少有的大破帆船,在那里没有主宰的沉没;荒凉的岛上,无数茅屋的顶蓬在天上飞卷。

我想着,披上了衣乘这一刻静穆的晨光写信给小朋友。近一个月来因为常常读你的信,教我淡忘了多少眼前的烦恼。这因为你有诗人的温存的性质,当你在那样忧苦不安的时候,写出的话仍是那样的蕴藉。

这种喜悦使我回味到小的时候一段印象——那是在暮春?有一天午后我跑园里在一丛荒草的园角上发现一棵盛开的海棠。我快乐极了,看那清风吹过,粉白的花瓣轻飘着散在空中,草上。我小小的心灵感觉到一种不可言说的喜悦,但是我静静的在花下舞着,唯恐一出声这种愉快会随花飞去。一直到现在,那种感觉永远存在心里,只是存在却没有显现过。

今年初夏,在玄武湖上看见你同玮德,都像春花一般的盛开在金色的黄昏中微笑,现在又常常从空中飘来你洁白的馨香的语片,我又静默了,又怕一出声这种愉快会消失,聪明的小朋友,你能理会?

生活是一件极平凡的事,玮德说我虽披了文黛的衣裳还能同彼得一齐飞,我听了有些伤感。我想,我只好比那鲛人的珊瑚湖上的永无鸟立在她堕落的巢上在湖中漂泊。你同玮德正在飞呢；尤其是你，那样充满着生命的力！我望你永远抓住，不要老成！玮德可怜，上帝竟那样虐待他！

你的长诗，我细细读过。我觉得你有好的想像力，美的句子，同真实的热情。关于志摩先生的诗，我译过他一首《去罢！》登在威大学生日报上，这是一年前的事了，我很悔恨没有留下那张报纸。还有些书报亦被我遗留在那海边，原想不久又去的，现在我不能回想，朋友！昨晚同玮谈起那些海外大诗人同大音乐家的音调，只永远成为我梦中的幻响。生活就这样枯索下去？常想与其这样还不抵沉沉地埋在墓底！

这时四围已喧动人声，晨悄悄的避开我低低说：再来！

七月三十日，令孺。

你走了后我们觉得一种陡然的空漠！

早知道你父亲安好，应当在南京多玩两天。这一刹那的友情，纵谈，同散步也许不能再得。

那天玄武湖上的风景，可以象征我们的友谊，澹泊的光里，两个生命在波动，都向着人生直爽的路走，你想是不是？

你所告诉我你自己的事，我听了既不觉得你是夸张，又不觉得是诉苦。一切知识是建造在人的上面，我从你口中得多知道些人事。骄傲是使年轻人不长进，你也怕，我信。

我非常欢喜得认识你，这使我不致时时要用心机做人。向使全世界的人都大了，老了，我真不愿意在这世上多留一刻。

这时窗外的乌黑，雷电一阵阵的怒发，我最爱这景象，说不出理由。

一枝白蜡流着泪对我,它为什么这样扰动我心里的凄凉。

八月五日,令孺。

第三函

今早你的快信来,读后怅惘,我不能立刻到上海。一件苦闷的人事压住我的心,教我不能吐气。

八月八日,令孺。

第四函

信都收到,真是愉快。可爱的是那一张音乐家的幻想,他的乐声在我心上飘过。

这几晚的月色像海水一般澄清。我夜夜坐在紫萝架下看天。梧桐,秋虫都告诉我夜的恬静,教我设想古代的诗人。我羡慕那深林里的枭鸟,他用一双智慧的大眼看一切众生;当人昏迷的时候,他就坐在老槲树的顶上沉吟,他一定看出几千年来哲学家所不能发现的宇宙真理。听他的笑是悲哀,又像讥诮……

说起我自己,除了这夜谁知道得透?人总喜欢把别人的事由自己的趣味来渲染。

八月十一日,令孺又在这惨白的烛光下写。

第五函

这几天秋的使者来了,绵绵的小雨像是谁的泪?今早云中漏出日光,颜色惨白,街上水车同短笛的声音都呈现颓丧的情调,我心里凄凉。我叹息炎夏的消逝,夏,有时会烧灼我的心忘掉生命的冷寂。

漫哉,我不愿一位精神奕奕的年轻人受一点病的磨难,我哀怜,如果在这荒漠里能掇得一朵花我愿意献给这受磨难的人。

这几天因为贪看Flaubert's Madame Bovary疏忽了给你写信。这是一本名著,是一个不幸的故事,我所赞美的是作者的艺术,他把全书的情节用一根巧妙的线索连贯着,好像一吊珍珠,珠子的形色不一样,但是提起来,有次序也有色彩。我晚上看到眼睛不能睁的时候才把书合上,带着书里的忧愁入梦,早上在鱼白的光里我坐起读,今天看完了,这一种紧张的心,也像秋蝉一样,带着尾声,在绿叶里消失。但是这松懈的心情使我觉得异常无味。

我发现生活是不能悠闲,要忙,要复杂。小小的园林,养花饲鸟,不是我们这一代的人所能满足,那里没有创造,没有喜悦,所以Creation and Recreation这两个字,同人的生命是织在一起,少一,都教生命有缺陷。为这思想我常常痛苦,常常同环境起冲突……

傍晚,我一个人走上这园后的高台,静默地看那深红的晚霞,横陈在一丛黑树的后面,河里的水平静到一点细纹都没有,树叶在我耳边发生温柔的叹息。在台下,来了人说话的声音,他们说什么,我是不管,只是那声音太笨重,像人在石子路上走,没有韵律,没有变化,我不能忍,就离开。

说也奇,我能忍受极复杂强烈的声音,可是不能忍受一致不变的单调。有一次我在一个大城里过年,除夕夜半我走进剧院,人是拥挤得教我不能吐气。他们不管老少就像疯了一样,吹号筒,响口笛,奏各种不同的乐器,他们要使空间充满着喧嚣,好像这喧嚣能把时间抓住。我坐在一个角上,心理同他们完全不同,比平时更清醒,更寂寞,听他们做出的声音,像是在别一个世界上。那些胖的,黑的,长的,短的戏子在台上舞,笑,唱;但是在我看,他们都是绸子做的傀儡,头上同四肢都有一根看不见的线在那里扯着他们动——可怜,驯服地被动着!我信,他们的心,一定同我一样,冰冷。还有,几年前,我生病睡在医院里,我的房在第六层楼上,窗外正在建造一座新屋,土匠用机器挑土,那一声声尖锐的音挤进我的心灵,我每天一到破晓就哭,我厌恨那恼人的单调。

我对于人生也就有同样的感想。

说起生命,是一个不可解的谜!我们爱它,却又憎恶它,到底为什么爱,又为什么憎?记得Stovenson说:

我们可戏以种种意义解释生命,直等到厌倦为止;我们可以用所有世界上哲学的名词来讨论,但有一个事实总是真的——就是我们不爱生命,在这意义上我们太操心于生命的保存——再干脆说,我们全然不爱生命,只是生存。

是的,我们爱的不是这固有的生命,我们爱的是这生存的趣味。我想,生存的趣味是由于有生命力。有一位哲学家解释生命说:Life is a permament possibility sensation. 自然,我们爱生命决不是写这肤浅的感观上的愉快，要不是这生命力驱策我们行，创造，勇敢的跨过艰难的险嶂，就是生，又有什么趣味！迟钝的生命，就像一湾浊水，不新鲜，又不光彩。

八月二十三晚，方令孺。

第二部

第一函

令孺女士并转玮德：

　　一到上海才后悔，不该这早走，也为了这点，使我更其留恋南京。上海是一团烟气，嘈杂而且紊乱的，钻进我的陋小的杂乱的家，我有很多理由惋惜，在帐子里不会有好的梦，在玄武湖的落日里，给我一点对于人的趣味，在一种不快意的戏剧将要闭幕的时分，一种平安是意外的。从一条平坦的长路上，出南京城的洞门，我感到风凉爽快，所可惜这孤独人的夜行有太多的余裕拿他的脑袋浸在幻想里。车厢里装满一堆疲倦和瞌睡，一堆臃肿的形象。几个谈小利的商人以外，大部分是表现英雄时代那些抱着光荣的梦以至死的大兵，残缺的，也有可怕猎人的脸，支撑着睡着。我就像在一群野鬼的当中，迷路在一个没有月亮的坟地上。我想看"潘比得"，但是一忽我就走进"永无乡"，我完全在幻想和梦的交界上徘徊于一个空漠的太空中。

　　想想一团团的圈子也笑了。一个人！永恒不息的在圈子里，圈子的圈子里做梦，做着圈子里的梦，圈子外的梦。今天我才从

一个用大砖块砌成的长城的古朴的圈子走进一个装着复杂的离奇的事物的烟气的围幛中。我是后悔了,一到了此地我才后悔,住在一个破旧的屋子里,太阳晒在我的头上,这穷窠。

我似乎怀着一种热诚写这封信,我一到家第一个写信给你们。为了给一个初识的人,我害怕我的愚蠢会使她吃惊,这样我会惭愧,只是我有理由掩饰我的拙劣,我是几夜几夜没有睡好觉的人,除了这心,一切是疲倦的绳子所缚住了的。

维特要进医院,这是一个洁白的花园,那些树林的影子一齐都有,你会慢慢画出来的,你在丑诋人生,这无异酷爱。生命是常常没有主张的,没有理由的。

○○女士,我是在一个更长的时日里就有一个影像,从维特的说话里,仿佛因为一种身份使我错想是一个有年纪的人,但是我一看见,说了话,只是比我们大比我们多走了路的人,一样年轻。但是有许多年轻人很早就老了,而我是常常希冀永恒的在青年的圈子里。

在湖里一些有趣的谐谈,这常常是一个悲角的不关大紧要的插白,我有那心情看城头上的云彩和落日,那真不是我所能想到的。一种愉快把我另外装置在一个自然的诱惑中,我忘记了自己。

我相信维特会要收到我的许多信,维特将要吃惊。我实在很不安的想到维特,你存了一种太好的心,相信我。人类是丑而且浅薄的,那些外形是蛇皮一样的花纹。信我,在许多串的欢笑中挂着更多串的眼泪。我一直感觉到,我不是被短的刀子刺痛,就是被长的绳子缚住。我是容易用廉价出卖一次心的,早已是,我不是我的主人了。

又是在不快意的分手中,看到一个角色和一个曾经与我搭过戏的角色搭戏。最不好我们知道自己是一个配角,这常常令人伤心的,不问那主角是怎样一个善良人。在上海有一个长期的耽搁,多写一点信来,我盼望你们都能如我所望的。就拿这当作一回游戏玩也好。我想这封信太厚了,等你们回信来,当有更长的给你们。

陈梦家,七月一日晨。

第二函

玮德:

一到家就落雨到今天,生活坏透了。做人都懒,只是等日子过去,等晚上来。想你一定进了医院,好的,我祝福你!一个有希望医治的人,比没有病的好,你得怜惜一个没有病征却是不好医治的,把一切希望埋没在一盘混沌里。

一个世界只看成一个好看的垃圾箱,丑的,杂乱的。自己寻不出一条路逃避这些腥味,挨近他,像一群苍蝇。你当然不知道我会怎样变成一条虫子的,不要再给我可怜了。

七月三日,阿梦,天通庵。

第三函

写给玮德的九姑,并给玮德病中细读:

我从杭州一个荒山里正好要回上海。住得太闷,要死,五日五夜只是向天发愁,那里太荒凉,没有声息。早上,一点新的气象流来,上帝,我笑了。先是一种预感,在晚上我顶害怕,帐子掉下了几回。正好一辆汽车停在这蜿蜒的山道上,我哥和姊夫来了,我们赶紧收拾起东西,催促年老气喘的父亲回上海。可是他,太酷爱这荒村,不满十家人,他自己偏要受苦,这是命。病得太凶,我一个人守着他,整天整天的怕,没法。可好,我们要回上海,热闹,你想不想荒凉?你的信就在那一会转来了。

玮德太可怜,为什么常常糟蹋自己,受罪。受"割礼"你能想像那多令人难过,出血的事我顶怕。告诉他,好好的养,不要尽伤心,我很念他。把人情只写在纸上,信不信由他。

我的文字,我的诗和说话,你欢喜,这个也叫我欢喜。可我不爱谁夸张,你不会。车子就要开了,来了亲戚。不写了,再见!

七月十三日,杭州城站。

第四函

玮德:

怎样回家的,昨天从杭站有封信给你九姑,写得潦草,心太乱。父亲病得太凶,只喘气。一个儿子的心纵有多大难受,放在暗里不说,对于年轻人因病所生的幻想是多近多可怕。幸而一切都好,回到家叹一口气,放下心,我只能喊天。乡下五日五夜在惊惶中无限的空漠,火热的天,原野不见一根草的摇动。蓝的天,黄昏时候苍白的火云,夜里那永唱不息的一种鸟,月亮更显得凄凉。一个庞大的空屋子里,有鬼,时时提神着。两个跳的心,父亲呻吟,我害怕。天一亮,又太寂寞了。

我不能相信今天再听见上海的风，读到你病里的信。你带来创痛的字眼，尽是呻吟，也埋怨。要夸张一片朋友的爱心，太便宜，你会自己想到阿梦的真诚。但是你，你常常把最好的友谊廉价的给任何一个人，这也是我，为失望的根兆。对于人，你浪费着许多恩惠的心，白等着人家给你一点恩惠。不要这样，人情是可伤心的，冷下心做人罢。

七月十四，天通庵。

第五函

> 我记起三两声琵琶。
> 从梦的边沿上走过：
> 一粒跳熄了的灯花；
> 像一曲歌挂在天河。
>
> 我记起深夜在客店
> 像听荒山里的落叶：
> 空街上掠过那二弦——
> 一双足迹跟着叹息。

我刚睡在梦里，这里海边刮起大风，是一些带了凉爽却又凄凉的声息，我很懒。佣人丢一封你的信在我头边（我用席子铺在地板上），那信壳尖锐的一响叫醒我，我望见那一路梦里的曲子，这喜快，就在那恍惚一瞬间。我悄悄地走下楼来，想着拆看你信时在大风里吹过一路琵琶。

因为这风,沿海边气候转成凉爽,晚上睡觉好像洗海水浴一般,软软的。身上也因此轻松下来,一点小湿气吹干了,除了仔细调治剩下一些疮盖,防它再发外,这讨厌的纠缠只能和我说一声,再会了。

就在这七八天内,要很幸和你们散步谈天,我只好早先在此地梦想:我记起鸡鸣寺,平常三两天去一次,和尚会为我泡顶浓的绿茶,无论在寒天,在炎日,落雨或飞雪,清晨黄昏,我都会孤零零地去坐半天,想。我尤爱冬天下大雪时躺在中间炕上烘火,看窗外的天,直到天黑,月亮照在雪地上依然是亮亮的。我度过不少疯子的日子,在雪泥当中摔跤,睡在满是雪的台城上。我回到家,母亲笑我一件穿了十天的长裳的后摆冰成一块硬板了。

我乘过天寒,喝了酒,发醉,穿过顶冷的尖风冒着雪走,我整夜走,倦了睡。如今那疯狂的日子我不能再想,那太惨。在这最近一个短短的日子,我又安排下一些不可回忆的光景——那总是在黑夜,两个人悄悄地在暗里走,落着雨,尽谈。那一夜在满地枯骨的山坡上仓惶的奔,那狗叫,吓人。但,这都去了,朋友,我不能再想。

这二十年,我安排下不少老年时代追想的悲剧,我有过诗写此情况。"露水的早晨"是一个春晨,露水挂满小园的冬青树上,我一个人走在那儿,看见白绣球树下坐着一个女人——那人我记起,曾经在深夜我一个人徘徊在这寂寞的小园中时,听见过她的情话,她的笑,我好伤心。有过谣言说有个冒了我名字的人写信给她,这事凭空使我生气,我有第二回碰到这事。但是天,我没有幸福，那时我只默着退走，我不说。

生命，我不能解释这是什么？我们一天不曾放掉生命，那埋怨也是无用，我们只好去求生命中或然的欣快，我们只有欺骗现存的一忽享乐。可是等末了，你走，什么都完了。

什么人，你想寻找宇宙间的奥秘，这是多事，永远缄默的星子，她告诉你这世界，这宇宙。用缄默解释这一切疑问，我说。

我只爱一点清静，少和一些世事生关系。我不能再存着妄想：这国家是只会糟下去的。人类我看了太浅薄，太丑，是难找一点情感在一些距离太远的人与人间。心，那就是最大的远距，两个心难有一个尺寸。

但我愿意停下笔不再写。是这秋天使我这样心冷，这样凄凉。我不要你多多看到如此藏着一颗秋天的心的信，可是读你九页的长信，叫我不能不如此写下了。

祝福你好！

八月二十五日，上海桃源屯，梦家。

第六函

朋友，让我这时候为你写信罢。当我从一个顶甜的午觉睡醒来，乌云凑齐了天，只留着近地的四垂一抹淡黄的光。这一忽，你听，细雨落在门前一片油绿的草上，那怕人的一闪惊电一声倒天的响雷。怕，又是一声。又是一声顶顶怕人的，像鬼爪，像一粒大炮弹打开天炸裂一样。（我坐在三楼，几响太大的吓我跑下二楼母亲房里，一支笔丢在楼梯上）起初是远处还有凝住半空的烟，飘得紧紧的旗子。但这刻大雨直注下来，满天是白灰色的糊涂。唉，要吓坏人，又是……

为什么雷直打，一提醒又给吓掉，刚才梦里我见了××在门房等信。（我老是梦见在门房里等信的地方站住）这一回，××是还好的，我想。天！又是那动心的雷。又是闪电，预示一个即刻就到的怕惧。这自然的残暴者，在这天色下大雨中用一种惊人的光惊人的响来夸傲一切伟大的无比的尊荣，宇宙的神妙，和天势的辽阔神秘的暗示，一种因果的虚拟，用天理来惩治人类的心，给善恶一条凶狠的判别。我料想这雷雨中有在露天行走的，有在遮阴处避躲的，有在茅屋里，有在大厦里的；那每一个为恶的人都暗暗的担心自己，担心神罚的降祸，还用一种即时忏悔的心愿求赦免，希望侥幸逃避了天数。但你不能担保除开这一刻里不有恶念的忏悔外，到天晴，谁又能害怕着报应，只管在现世上不拣手段的为恶博取私利。

村里的走道上积水成为沟渠，还直下。天可开了，又是白辽辽的秋色挂着雨的帘子。那惊人的事在一刻里逝去。平安写在那和平的雨声上，惧怕逃脱了每一个的心。

感谢上帝！我遇过不少大雷的日子，我纵胆小，我总还是坦然看那闪电的流过，（好像七月的流星）那怕惧只是那响声振坏了耳朵。我不曾虚自担心。但我心上有过不少次雷雨的惊慌，忙着跳，可幸这一段短短的日子，从忍耐的底下爬出一片曙光。我是现在只有那白辽辽秋天的季候，行走在没有风沙的荒漠上，寻找那空漠和辽阔。

在雷雨中，我写成这四页信，好算一首写在散文里的诗，那随你读。

梦，八月二十八日。

雨小了，我抽一枝烟，没有刚才那紧张的和平。这时是平淡中的忧郁，担心一些世俗上的小牵挂，为一点自己小小的骄傲所生藐视金钱的仇怨。我被家里一些人用一个当头的窘迫来谋害我的清高，叫我低首伸手去拿，我愿意？这上面我受罪，我刻苦的做过人，不叫这事使我有一点子不快。但是到今天，我真怨恨这天。我即刻要到南京和你们握手，就在下礼拜；但是天，这时候我不能讲定真来不，我为此很忧心。但是你们等着，我一定来，我决定好一号（礼拜一）早上离开上海，我想不会不能，要不然，二号晚上一定会见得你们。想起这短促几天就来的欢聚，我又私心欣快了。

我不是没有一个好的境遇，我没有好的好运。我太不拘谨于一些人事，这些放浪为家人所深不满，我没有力量去索取我以外的东西。我真是害怕再一年我要走在自己的路上，我怕没有那本事使自己不挨饿，怎样才好？

撇开这些不说吧，每一个在世界上总是不如愿的，世界就是一个"缺陷"的契合，一团不满。我能猜到你有，一定不少，这是天命。

我们得走开这些麻烦，在另外一个天地中做人，找出自己的趣味，也不虚做了一世人。尽管有尘世以外的超境，在我们跟前，一闭眼就到。你能深切了解这空想的安慰。

我是在一切没有希望的追求中不找灰心，我有一点自己的呆想维系着这生命的残危。我有勇气创造自己的世界，离开这目前的困难。于你，我把这自信的小模型放在你的跟前，你能领略这快慰：好像云游一个仙城。

第七函

从××××那处回来,走累了。看到你的信,玮德的,我不说,心里直难过。和一个朋友在霞飞路一家咖啡店里谈诗,念海涅的抒情诗,一回来,这轻快的心情完全丢了。剩下这说不出的不快,一种平凡的烦恼。昨晚大雷雨,吓死人,我做了一首诗,今早清晨六点钟我走了一段林荫的小路投出一封长信寄你,回来我捉回一件故事,写下了。但是现在,这清澄的黄昏里没有了年轻人的愉快,我告诉你,这忧愁的心。

我念着南京,恨不得早一天来,到了也一样枯索,我早料定。为什么你要走,为什么你有着这样纠纷人事?不要告诉我,这一切都使我苦,我不能想。我在一号一定来,倘使没有一定的理由不叫我不走。那晚上,我们可以再见了。

那么你再有什么要说,你统统在那黑夜里倒出来。我实在不能在这季候里做人,受不了。告诉玮德,信收到了。我就来的。

八月二十九日黄昏,梦。

第八函

玮德:

我九月一号早车走,倘使事前没有不走的理由。恐怕是,我只能带给你一副忧愁的心,不要太奢望我,这可怜的朋友什么都没有。

只是整年病,叫别人也难熬。我怕人再提起一大堆恼人的事,一个不良的心情使我如此。但愿黄昏,不把一个可怕的黑夜带进我的心里。

梦,八月二十九日。

原载1930年12月《新月》第3卷第3号

狱

在这古城的角落里,有一处苦恼的小天地。那里,已经是被世界上幸福的儿女们所忘记,给天上的鸟讥笑。没有一些风吹进来,那只是立在四壁的高墙,那一块青天。太阳光懒散地挤一挤献媚的白眼,惟有愁人的雨,像哭泣一般滴在屋盖上。每一个幸福的人会永远想不到这里,在他们偶尔经过的时候,就以为这便是世界上一切不可容留的罪恶的坟墓。

连春风也吹不到的牢狱,那里是阴湿,暗淡,幸福的哭飞不进这里面,因为那是罪恶的门,快乐是应当被关在门外。在夜晚,月亮是间或为慈悲这般罪犯而射入一些银辉,可是当他们举首仰望一块小青天,永是望不周全那纯洁的明月与众星。

在这里所存留的,不是光,不是热;愉快和幸福被锁在他们的梦想中。只是日子是不幸依然在,使这些无事的众囚在阴湿的牢狱中而无意地数看太阳留在残留水迹的粉壁上的影子一点一点的移动。日子是再长没有,一分一秒是多迟慢地像不会移走的摆动。

日子带着这般恶徒向灰色的绝望里走,那高的墙隔绝了幸福的国度,春天的雨,秋天的风,他们都可从寂寞的天空里用不会钻住的耳朵自由的听得,知道时候是循环的变更,但是世界上的事情,如像掌握天下的是谁个用武力和诈计得到了,他们又有了什么法术去欺骗百姓榨取他们的血：囚徒们全然不知道。只是他们一天明白一天，他们是要长久住在此地，纵然他们是被诬，或是在良心上已经深切的忏悔，这便永远不为人知道。他们的冤枉和忏悔会没有人知道，他们的罪将永远不会洗净。这是文明国家所赐与罪徒们，使他们的罪一天深似一天。

我听说：上帝给与好人使他更好，给与坏人使他更坏连他原来所有的也没有了。

永日所处的看不见一株树，连一只鸟也不轻易飞过。在牢狱里他们只想到，世界总还在，日子是不息的行走，除非有滚滚的水流进来，才会觉到洪水的来临，但是日子究竟带了他们往那里去，那是无疑的要痛死在这里。欺人的妄想不容易盘在心上，那仅是恶梦的惊醒流一串泪。

夜里，偶尔会看见突飞过天空斜落的流星那才是可欣喜的异事。在秋天的夜里，除了墙脚下虫的低鸣，天上几粒星残缺的月，以及凄惨的断雁以外。一颗流星会使囚徒们更其知道宇宙间一种新奇的变动和美丽的闪光比西子湖的夜游更其可贵。于是希望的魔鬼就轻轻地从铁窗里爬进来，给他们一些谎语的安慰。他们就玄想：这一颗流星恰好落在牢狱里，将生命与痛苦——现在，生命与痛苦连锁在一起——同时消灭。

但是，他们会看见第一颗流星的降落后，再看见第二次的流星。

这是一座死城。每个囚徒被别个与他一样的人利用许多人把他锁住，日子久长后也惯于让时间在他们不思索间溜过。

在文明国度里这是一个小小的圈子，人不知道，也无须知道的，就是被法律所处的公平的刑罚，就应当永远的受罪，永远是罪人。

被剥夺了自由的恶人——他们与生俱有的自由用罪名消灭了——就渐渐地因为许多次的想求解脱而变成更其罪恶的疯狂人了。他们明白，他们心的忏悔是无用的，反而害了自己。法律是绝不原谅人，使他们永远不会悔改成好人。那就是，要他们一天一天在行为上与思想上犯罪而死。他们是永久疑惑这拘束是从何而生，这拘束是不是要他们变恶？因此这疯狂的思想就使囚犯们高声的喊叫，用头去撞铁栏。终至于觉悟两只手的挣扎无异于去触火链，那只有举首望一望青天流过的浮云，听那些不曾关得住的风声虫鸣。

在牢狱里的狱吏们，有时有比囚徒们更恶的良心。只是他们有一柄刀，这小小的尊严就有权柄任意束缚人，恶虐在他们的手中是不犯罪，因为他们是监督犯了罪的人。狱吏们有他们的律法：就因于他的憎恶或是气愤随便处罚一条疯狗一样，不犯法的用着皮鞭铁棒抽在可怜已经没有毛可以遮蔽的肉体上。他们的耳朵被虐待的惯性聋住了，就再不听到囚徒们流出血的哀哭。有时候，酒醉后的欢喜，或是在外面得了女人的爱心，就宽恕囚犯们而贪求一时瞌睡。

在这小圈子里，像死一般的静。狱吏们野兽的火眼和叱声，与囚徒们的屏息。

白天晚上，这里是强暴底下的死静。

只是，在每一个强暴底下安静的囚徒心中，一天一时从无理的残暴的压迫之下所累积的一点一滴增长不灭的怨愤，像风前的烟炉吹起了火焰，是如野火燎原的云起。一杯过满的酒必然要溢出在杯子的边外，一个囚犯的心是被过分的残暴以至于疯狂了。就如像鱼沫间或的点破静水的安平，轻易的叫扰，痛哭，怒骂。会不会有一时像海中的群鱼一齐浮在水面颠覆了渔人的船网。

不过，强暴终是在没有锁链的人的手中，狂风常常被困住了。

每一个早晨，好的太阳。每一个夜晚，美的月亮。这死城里是死一般的静。

然而在受镣铐的囚徒们的心中，有一件不被拘束住日益滋长的东西，那便是思想。在日与夜的间暇之中，思想会渐渐地生出火花。难保有一时，一种狂爆的声音会冲破这牢狱的死静。

原载1930年1月16日《国立中央大学半月刊》第1卷第7期

某女人的梦

在此地，我忠实地叙述这某女人不幸的遭遇。但你聪明的读者，你不必再惋惜。

老实说，这世界上是平凡中庸的人才得幸福。那太美丽的女郎，那太聪明的文士，常常会没有人敢去爱他们。或许是一般人想爱他们的人一定很多，更比自己平庸的更要好，这一些聪明的和美丽的竟然会蒙着绝大的不幸，在孤独悲哀中度过他们美丽的一生。并且，一样的荣耀，至死被一般平庸的卑下的称颂和羡慕。

平凡中庸的人，在他们平凡中庸当中讨取一些安静的快乐。他们有满足的心，有稳平的生活。因为他们不求顶完美的，自己又不是顶丑陋的。这样他们容易寻到他们的对手，而天下这样的对手也多。所以我说在似乎坏似乎好的当中的人，是最最幸福。

我自己，太愚拙的人。在众人的面前，我是个呆子。就是因为这可笑的呆，我是很侥幸的不曾留在平庸人的队伍里。也有人会夸奖我，说我是聪明的年青人，也有说我美丽的。然而这都是枉然，我不知道怎样的用一些物件和方法来修饰在我自然的美丽上，使这些天生的美丽会蒙上一层凡俗的泥塑一般的灰尘，显得出是用各样触目的颜色拼拢的，散出用各样的奇怪的气味。这样把祖宗所流传下来的美和真，会掩藏在看不到的地方一直到死，把一些人做的东西敷在人的面上。不但如此，他们会利用他们的聪明，将老实搁在一边，去想尽了的许多伪饰的笑和轻佻的话去迷惑一般同是用这心想待人的人，互相说爱，因为他们用美貌和金钱的分量放在天平上称过。这样，各个人自己欺骗自己的丧尽了良心。

我是，一直孤零零的到现在。但在我寂寞悲哀中，我自己骄傲着。我不曾是平庸的人，我不曾忘记这天下人都忘了的良心。而且我有一种像颠痴一般刚强的志气，宁愿终身孤零着，我不用欺骗的心去骗人，谎自己。

现在，我又知道在结婚的天平上，美与钱是需要持平。倘然你有智慧，那是很轻微很轻微的。这里我所知道的一个可怜的某女悲哀的事，便是为了这原故。

这某女人，她很可怜。天生抓不住一些美丽。她是一个中年的人，一身丰满的肉使她很难于行走，成了又粗糙又肥胖的。在她的大学里，真可怜，她成为一般年青人所取笑的事。然而毕业以后，因为学问好，留校做一个清闲的职务。这一些很丰富的收入，本来很可以自由取乐了。但是，她为了她腐旧的家境，使她这因循的女人的思想受了束缚。在这束缚中，她像平常人一样的存着一种美妙的希望。这便成了她悲哀的种子。

既是一个女人，她就最好嫁人，不嫁人似乎是一件很羞耻的事，似乎是这女人所忘记的一件事。而且，众人的意思，女人不出嫁该是不大好的。尤其是在应当做这件事或已经过了这时期以后的女人，仿佛含着些可以指摘的道理。在这众人意思之下的

女人，她们大概都不会忘记这一件事。只是要等候一个时候，也要寻觅相等的人。我想，在这其中便是女人悲哀的时候，忍痛的隐守着这难以抑制难以说出的悲哀。

你去随便问一个女人，问她什么时候结婚，她一定是闭着嘴笑，或许红了脸。她回说你：说她不要听这话。或许，说她不爱嫁人。倘若你是聪明的人，你就明白她们是在等待一个所等待的时候的降临。

这可怜的某女人，她正是或许已经经过应当做那一件事的时候。以前，她何尝不在留心寻找。然而，在她可以寻找的一般人的当中，那些人也都是在他们像样智慧的人的当中寻找。只不过他们在他们所寻求的女人的当中，拣选更美丽的像貌。因为拿这一些可以表现他们的骄傲，而且他们以为女人的美丽就是这女人的性情也温柔，一定也聪明。这如像盲人想象香的花一定美丽，一个孩子会去嗅纸做的假花。

这可怜的某女人，她就是那一阵女人当中被挑选而遗落下来的末屑，在她的寻找中，人家忘记了她。因为她没有使人记得的地方。一个年青人所记得是缥致女人的美丽。于是，在她痛苦的等待中，一年挨过了一年。

她的哥是一个忠厚的教师，真算很尽了他为人兄的职份。他关心地为他的妹子寻找男人。在他的同窗、同僚和朋友的当中。一个男人固然很想早一些娶一个好的妻子来，而且一个既忠厚既有本事的人，可以安慰一生，也不愁着儿女们读书的事。可是这一般男人都一样地这般想着，这般盼望着，也同一样为了同一样的原故失望。这可怜的某女是不是知道这原故，我没有能力推测，但她却因为累次累次的不成，反而更急切更热烈的盼望这一件事。她幻想着总有那末一天，那末可幸的一天，她可宽一宽向来是空虚的悲哀中紧张的心，向着人骄傲。在她含着复仇的意思的骄傲中，她会向着人群冷冷的一笑，表示她虽然经历了许多痛苦，却已经很喜乐的尽了她女人的责任。

许多女人都是与这某女人一样，她们常常或者说永久不会绝望的。总以为有那末一天，那大约必须要来到的一天。她们的希望会出现。因了这思念，她们都极其安心地耐心地等待着。

会在她们痴心的等待中，使无情的刻候轻轻地无声地飞过。会在她们希望的梦幻中，使美丽的青春偷偷地无影地脱逃，当她们回首她们的青春的时间，将有丝丝的悲哀从天空中落来。

这某某女人，她不该去寻取太多的智慧，因为这反而使她受苦。并不是智慧一定就是使人受苦的；不过若然是她这样人去寻取智慧而不去取乐，智慧是一件苦恼的事。她于是在她的苦恼中，依然将她的生命栖息在一种奇望的梦想里。因此，她一直很寂寞很艰难的等待到如今。

但是，有许多不曾出嫁的女子，她们很安闲的度过她们欢乐的日子。她们自己极其骄傲，骄傲她们自己的幸福与她们美丽的青春。这骄傲仿佛像珍惜。却不知道在她们骄傲和珍惜之中，青春不曾珍惜她们，这她们真是毁弃了她们自己的青春。

这一些独身的女人，她们有更美的趣味。她们没有牵记，没有挂念，随着自己的兴味游乐。一身轻爽的毫没有累赘。她们知道世界上男人多没有真心，正像她们没有真心待人一般。在自由的国度里，她们可以不去尽女人的职份。那职份是痛苦烦恼堆

积，做了母亲便成了奴隶。并且，她们若是有一时觉到要更轻松愉快一点去依赖一个男子，那也是一件容易的事。所以，这一般人，她们把青春在骄傲的笑语中溜了。

这一些人真是幸福的，使一些狂情的男人任她们愚弄，在她们骄傲之中颠倒着。然而，她们自然也须要有可以骄傲的地方。就是要她们可以嫁人，人家亦很想娶她，而她为了自己的幸福，为了自己的青春，要在青春中寻取各样的趣味。不像一般的女人的愚鲁，她们不听男人谄谀的话，不去跟从一个要跟从到终身无味的男人。更奇怪的，就是这些女人，她们情愿做一件缺德的闲事——也可以说是好事，因为也有人感恩于这般仁慈的姑娘。这就是，把男和女，从不相识而联为一种相亲相爱的情况。

这可怜的某女人，她真侥幸寻着了这一些骄傲的女人。这一些骄傲的女人也会乐意的搭救这些来恳求的人。在这种女人的地方，你可怜人容许你一个利益来拣选一些求偶的男人。

这些求偶的男人与这些骄傲的女人的来往，就为了这道理。很明白，就是这般男人都同具着一些聪明，在此地可以得到另外的奇遇。这一般的男人会献殷勤是不用说。他们当然逃不脱凡庸的圈子，在求美丽的。不过在他们君子的口吻中，只求女人的温和的性情和能干。

这某女人，她极其得意。不知怎样的，她常常来与我的姊，和其他一些人闲谈。我的姊，她似乎多是一个仁慈的人。她很怜惜这样一个女人。这某女人她常常来谈，在她闲说的言辞中，很容易流露她的一些悲哀。当人家打趣为她说媒时，她会含着羞耻，却又有些惊奇的欢喜和企望，把这事认真起来。但是，一直到现在会使她从她悲哀的心中，检起她累积着许多幻灭的失望的痛苦。

没有希望的人，他们的痛若是在寂寥所取得平淡的无趣。然而，那怀了热望而失败的人，从欢乐的幻想中惊醒的痛苦，是几乎不可以言语形容的。

我的姊，她真是仁慈。关心人家的事胜过自己。这可怜的某女，她或许要流泪感恩。不久，我的姊把这某女人说媒给我们的一个表舅。这人是一个眼科的医生，不知怎样的，他竟然在一个大口岸上做一个忙医。前头的妻子，为了一些什么原故离退了，他新近来说要寻一个忠厚的家妇。于是，我仁慈的姊，她便将这份残酷的礼轻轻地赠与这某女。

这某女人像狂了一般的欣喜。她心想世界上依然不少有求人品好的女人的男子在，更不少有为人做好事的女友。以后未来的幸福的幻影浮现在她的面前，那以往的悲哀因了这新的希望而灭绝。

这如像一阵温和的柔风吹来一阵轻微的花香；但不久，这一阵花香又会随着这温和的柔风飘浮去了。

当我们言笑中谈起我们未来的舅娘时，她会抿着嘴振荡着她肥胖的肉笑。这不幸的幸福的梦的网子渐渐织成浓密的，使她在梦想中忘记了自己的一切。于是她开始修饰她的衣装。

真正的美丽在于天生的自然好，修饰会损毁她更好的存在。平常不好看也不难看的女人，一些形式可以使她好看，但不一定就是美丽。然而难看的女人这真是一件冤枉的事。不修饰也好。倘若你不自量的要使她好看，那会显出更丑。这是上帝的不公，把更丑的给与那企求美丽的丑的人。

我对于这事私心为可怜的某女担扰。我知道小表舅并不是一个老实人，他并不要这样忠厚的女人。但我仁慈的姊，她真是顶明白，她用她贯于冒险的神气做这事，她以为凡是她所想的大概不至于错。所以，她叱责我，说我太多事。这些事不是我所懂得，也不是我所应当管得的。

不久，我的姊写信给这某女所希望的好男人。告诉他有一个既忠厚又有学问却不十分好看，而是端庄的女人，她愿意这事情若然好，这一方面她可以想法。事情是可幸的，他说他愿意先通信做朋友，并且急切要看一看这女人的像。

这真是一件糟事，事情的失败早已可看出影子来。因为这某女人所缺少的正是这一张像样的像。我并不是刻薄这某女人，若说她是端庄似乎也有些对不起她。但是，我的姊从经验中得来，说这男人不一定在面容上求人。

我从我自己的经验知道。没有一个男人有这样好。

这某女人，她把这世界幻成一个多美丽多完好的天堂。她常常在静时闭着眼睛梦想中寻取乐趣。她常常是快乐，一有闲暇的时候，她都消磨在离奇的幻想中。这些幻想她相信就会变成真事。于是她自己也奇怪，这世界真变了样，一切都是好的。她深悔她从前的悲哀是自取的烦恼，这以后将不会再有。她又想，这一次真是决定她的一生了。

以前的记忆她都忘记，那一些都没有空缝钻出来打扰她。堆满许多金黄色发亮的美丽的幻想炫耀着。她一想，就似乎有一盏明亮的灯现出来，于是她见到里面闪烁着的天堂。被这一种所迷惑的狂人，她真忘了形的愉快。各个人都大概都知道，大半却都是盼望，她将嫁为一个医师的家妇。她也因为想了太多，总觉得事情是十分有望。所以对于人家的取笑不曾羞耻，还觉是一种应当享受的被颂的荣耀。在她回答人说"没有这些事"的笑语中，是流着骄傲的气味。她私心地以为人家暗暗地说她的事是顶荣幸的。

然而，这可怜的某女人她太狂了，必然有悲痛就将降临于这不幸的某女。她不曾认识这世界，连这世界上坏了良心的人。至少，她存着愚拙的呆想，以为一百个坏人之中，不一定没有一个好人。而且这正是这一个医生也说不定。这可怜的女人，希望迷惑了，结着脱不掉的牢结。

有这样的一天，这样一个可怕的一天。我知道快就到，不带着预先的信息。一切希望会轻轻的飞去，剩下那一阵从迷惑的空想中所丢下来的沉痛的悲哀。这某女人的梦幻，将等待到她郑重寄出带了她心去的相片只放在手里就退转来的像片，像一阵狂风忽然破灭。

她会因此痛哭，因为她受了人和希望的欺骗。她会因此厌世，为了这许多灰心以后惟一的希望也会消灭。然而，这女人似乎并不多这些感情，似乎就是她可以赞扬的精神。她不会把这罪过放在我姊的肩头上。依然耐心地点着头听我的姊说这男人的不好。

不久，我们在家里又提到这可怜的某女人怎样焦急的，求偶的故事。我的姊她重新夸说这某女人的美德，说着虽不好看，也不算顶难看。她说，依她想，给我们做嫂嫂。我们的大哥耸着肩膀笑，不自然的笑的当中似乎都是轻薄。他会像他平时一样的欺

骗,带着可厌的声响说"好的"。

这时候,在我们居留的某海滨地震起来。我说事情真奇怪,莫不是这某人怕伤心有意摇摆她肥胖的肉惊感了上天。我于是再使劲形容这某女的像貌。说倘若早知道事情难以成功,就早休了罢,免得这某女人空起一阵梦想,她这可怜的人再伤心是作孽的事。

老人家是关心着儿子的事,在这样繁华的都会中,一个年青无室的男人是多危险的。妖艳的女人的色香会迷惑了这年青人,以至于疯狂的去追逐这一些美样的相貌,不惜抛尽他们的金钱和气力。一个忠厚有学识的女人来束缚一个心思不定的年青人,是一种近乎上策。而且,成家立业是男儿应尽的职份。而且,三女儿一向是家中能干的人。既是这样关心弟兄的事,总不至于坏。所以老人家抓着胡须轻快的笑,说,这事也好。

我再辩说,说这件事若然不成真会缺德。而且现在的男人在相貌上留心,这某女人的学识反是太好了。大哥不是要人家为他着急,他有自己的力尽。并且他理想的梦,现在似乎走在真的方向。再用不着拿这些玩笑的事说上题目来。

老人家平时多信服我的话,以为,这些事让孩子们自己去做。这样就把这一些可以避免的不幸在言笑中轻轻的搁浅了。

许多时候,把这些事都忘了。这某女人也不很常来。但忽然又像一阵风吹开春天的碧绿,在这某女人的心中又织成许多希望的迷惘。这使她忘了以前的事,又做着未来的梦。

在这某学校里,我的姊和一个同事花子与另外一个忠实的男同事(花子的同乡)谈起这某女人,把这一件事再从新幻化。因为他们都从他们的智慧里,寻着了一个可以配与这某女人的男人。

这人是一个可怜的丧偶者，与花子同乡在另一个机关里共事。一个饱经世故的矮胖的中年人，有一张会说话的嘴，有一双能走百里多路的腿。只他的圆脸上，有一些不平的窨窿夹杂在他从耳跟拖延下来一丛常青的胡须里。曾经在他家乡带领过兵，在中国革命的时代，也打过一些光荣的战。也曾经过许多年数的体操教师，因为他很强壮，还是谈体育哲学的人。这一些，我听人讲。但我于他，虽无须去佩服他的学问和能力，我却很以为这是一个又强壮又勇敢有毅力的丈夫。

我遇着他在一个客寓里，我去寻访我一位可怜逃失了妻子怀病的先生。他也在。那晚，他很痛快的谈了一些女人和结婚的事。他以为：女人不要多大的学问（或许以后这件事是为了这），要健康，要朴素，要不难看。他需要一个平凡的管家的人，不要知道离开家务以外人。他很感慨现在没有一个好的女人生；要有的话，只有在那某学校教某课的某人，这是指着我的姊。他却是无忌的称扬她健康，说她怎样教授得法。总之，是说她好，而且很好。我沉默的，暗暗的笑。

此后，我常常遇着他。我问起他的婚事，他会摇着头捏我的手说"孩子，不要说。"我也是不顾忌的问他可认识那胖胖的某女人。不？这意思，他明白。他笑。

这以后，他渐渐知道我是他曾经说过的某人的兄弟。他很歉虚的来请罪，说他并没有什么意思。不过她，他是一向佩服的，因为她能用健康的力量感化一群顽童。这些学问与我不很近，我是不懂事。

我告诉他，应当早早的寻偶。这是人生的一件事，一件有趣

的事。某学校的同事，都是善意的关心他的事。人家的盛情是不当轻易遗弃了。花子的同乡和其他一些人，都以为有一位与他相等的忠厚的女人，他只摸着粗糙的脸粗糙的笑，我想他似乎不是不愿意听。

于是，这一件事，由于谈笑之中告诉了这两方的人。

他回说：如其有如像他们所述的那样好的女人在，那不妨先做朋友看。至于他拣女人，是要健康，要朴素，要不很难看。这三样事，跑腿的朋友认为适合于这某女人。因为，这某女人的肉特别丰满，正是健康的。朴素是不用说，她不甚修饰华丽。至于不甚难看，近来她都穿着得入时，而似乎也是相称于那男人。

这样，事情是从传说而演戏了。这某女人，从许久的沉默中像长夜里等待光旦一般的又迷离的现出新的希望。她重新笑，像那某一次得意的笑。却不曾会想到会不会有像那某一次不幸的降临。

有一个时机，她的哥来与这人会谈。以为这男人再好没有：有思想，有经验，有口才，又有好的官做。他觉得这是妹子的幸福，所以他感谢了那一般关心于他妹子的事的好人。

一个愚人信盲人的话，算不得奇怪的事，这某女人这样地热望那男人并不是她的过错。要愚人不扰愁或妄想，就要那盲人不去骗她的灾祸或运道。

事情就如同隔一层壁话，或者是我看见你，你不看见我。两方面的话是不敢轻，也不敢重。重了，怕认错了人。轻了，对了好的不曾留地步。这样两方面在这可上可下的地位，说不定的话。预备好结束，也防着不要脱落。

然而，在他们的当中，幻思苦了他们。这某女是见了那男人的，但那男人还不曾见到这某女。她想，他一定看见过她。而他以为这些人为他留心的大概是很好的。倘然好，事情自易成就。

存着这一点骄傲，他觉得先要大家会会。然而，至今我以为惋惜。倘若世界永远存着梦想的人也是幸福。只是一般人会丢弃这在精神上的，而求实现的悲哀。因为欺骗蒙蔽着欺骗，会是侥幸的。若然你轻易的揭开那一层细纱，你将不耐心看见人的心涂汙了颜色或是腥气散出来。

我就轻轻的说这一件必然有些不幸，痛苦的神已经在立着。我想，少管点闲事是积些德，不然使人家屡屡伤心，是作孽。而她们，以为我是不懂得事。就是不成，也可以试试这男人的心是好还是坏。

各个人会唱好听的歌，只这些不曾是他良心的声音。

在某一个晚上的酒席上，那某一个男人与某一个女人和另外一些人相集。这男人并不怎样，心里稍稍的惊悸一下。某女人也明白这些，也无心再喝酒。

于是，席轻轻的散了，正如像这件事也悄悄的忘了。

十八年六月五日夜深，写于京门平舍。

——我写完这篇，我要郑重的说：没有这件事。我是多做梦的人，但梦也容易忘记，像来得也无影踪。或者，我自己似乎觉得，仿佛是一夜梦中的事。

倘然，这梦不幸也有人相同或相似这件事。这不是奇怪，我也欢喜，因为辛苦所写的也是人间多少的苦痛。若然有人要怨恨

我，这是多余。我是无心，况且我是可怜这可悲的。而，上帝也把这事弄巧了。

但我想，这些事也或许有，也或许很多。倘然真有，我会凭空悲伤。那知道，这悲伤是免不掉。

然而，我告诉你，你可怜的女人。倘若你真像这可怜某女一样，那末，你得要仔细想，人生的道路或许不止一条。还有更多，也更好的。而且，倘使结婚的梦想寻不着你的幸福，在智慧的国度里，去追取更美的生命。

我极其辛苦的写成这一些零乱的叙述，当我醒来的早晨，我抓着不少脱落的长发。但朋友说，这不像小说，不像散文，更不成诗。这是无须得，因为我也不知道怎么才写的。

阿梦作后再记。

原载1930年1月16日《国立中央大学半月刊》第1卷第7期

一夜之梦

索索秋风的晚上,我知道,夜已经深了。我将要睡,用我疲乏的一口气吹灭了闪烁的烛火。一阵响声,忽然推开我的门,朦胧里有一个人进来。我细细估量这是怎样的一个年轻人:散乱了的头发,微胖的身材,衔了一枝烟卷;更隐约地辨别他宽大的灰袍,褪色的裤,太长了,覆在蒙尘的脚上,他的领口袒开不曾扣好。从这些色形在黑暗中的移动,我分明这不相识闯入的夜客,他懒散地拖开他的两条腿,进来,站着,用一双手在抓住他缭乱的散发。

当他猛吸那支烟卷,一闪微光里印现一张苍白的圆脸。半天,他立着不响。一缕缕的烟绕在这空虚的黑暗里,浮游一串一串虚幻的圆圈。我为这突来的奇遇所迷住,正想清一清神来问,却仍旧在观察这幻境的变动。一声沉痛的细语钻进我的耳朵。

——死,我要去死,让我在这晚,告诉你我的故事。

这句话使我吃惊,这真将成一件可怕的不幸的事。我看住他,却说不出一个字来。看着,那烟卷的火在黑暗中一点一点的移行。那分明,他是在走,往门外走。于是我不知为了什么,神秘地张开我惺忪的睡眼,拖上我的破鞋,跟着他走。那门外,秋天的夜是这样凄惨,天空寻不到一颗星,一点光。擦过我的耳朵的是一路路的风声，还有那沙沙从树枝上落下来叶子的响声。我在黑地里，茫然的跟着黑的影子走。停在一棵柳树的下面，坐在一口井上。他是那样叹息着，低下头想。静里"嚓"的一枝烟卷的火又在他的口边闪着。

于是他开始叙述他的故事。

这是末一晚，我在你跟前吐出我的心胸，告诉你我那些悲哀的往日的故事。这真是不幸，要无辜去寻死。自己知道，这罪孽是我自己寻讨来的，再不用埋怨天，埋怨人。你明白，我是为女人死，唉，女人这东西，我不知道为什么要有？她害了我。在当初，我只是一个天真无知的小孩，但年纪使我长大，使我知道我应当去爱人。我就听从了那些因为年纪所听到的声音，说"你去爱女人罢！"我就像疯了一样，轻轻地丢开了我的灵魂，忘记了世界上比这更要紧的事情，用我年轻人狂奔的血，去追逐那些留在女人脸上的眼睛，眉梢，以及那轻笑的口。在十九岁的春天，是那样的天气才遇见这样不幸的事。一次小小的旅行中，杜鹃花开满的山野中，我遇见她。就使我想起那一天桥下她生媚的眼睛曾经抖动我的心，也就为这迷幻，忘了她从前对于我的渺小所赐予的轻蔑，那时候我也年轻。于是我把我第一颗爱女人的心给了她，学习了年轻的男人对于讨好女人所有的丑行。

在那些金色的黄昏里，我是做着我幸福的梦。纵然这梦有一天会醒转来，我希望这梦再长，再久。从她可爱的嘴流出那些宝贵的赞美：我的沉默，我的聪明，还有我的诗。啊！这可咒诅的，是她金色的谎语，我无耻的听了。我的沉默，那里藏着我像野兽奔行的血。我的聪明，是我用愚拙的技术，夸张自己的小巧。我的诗，那是蛇身上的彩纹，这样去诱惑一个女人。

那时候，我犯着年轻人的颓废的病。我看见这混沌的人生，使我厌倦。每一个人昧了良心用谎话去骗取幸福，人与人之间永远是存了这虚假的事。我是那样的厌恶世界感伤我自己的飘零。而这可爱的女郎的影子就轻轻地跳进我的心，说出一句神秘的话："你看啊！这里一个美丽的人在哩！"虚空的心坎里填没了这美人的影，我笑我自己，从前的愚拙。

许多连续的晚上，那可贵的黄金的夜，就在谈笑中悄悄地飞过她的翅膀。那一串串的心跳，一阵阵的笑，在我青春的梦里织成美丽的罗网。在灯光下，促膝细谈一切细琐的事，说到她怎样耽误了自己的青春。啊！那不再转来可爱的夜，那时我真埋怨过太阳。

她坦白，说女人们多是虚伪，爱虚荣。她们不说出心里的话，发出假的笑。她们妄想高贵的，要想自己挨在高贵的下面。她又批责那般男子，对于女人们的殷勤，随后的变心。只是，她轻轻变换口气说，我不是那一类人。唉，我可怜的一生，谁用手抚过我。我是预备着给人责谴，讥笑。

有一天，我记起了。她说到日本儿女殉情的事。

——就为了爱，一齐跳到那无底的海中。

那时，一群的妄想围拢我。或许有那一天，我和她一同死在海里面。

从前我看见世界里只是我一个人，但这时成了两个人了。一天到晚，我的思境中她的名字和脸不止的跳跃。每晚，熄了灯以后，她才始送我出那一重厚大的黑门。门外索索的风，和那黯淡的火战栗的闪着，闪着。

春天厌人的雨，在那时候却是好听的音乐。我像一只愚蠢的飞蛾向着灯火挨近，丢开了一切，在那小小的火光下面做梦。她的笑，像一片深云遮蔽了我一颗明月的心。在她眼睛里，我恍然寻到这世界的神秘。她就成了我的影子，在梦幻里或是清醒时跟随我。那才不幸，一直到如今，我是懦弱得一定要跟了她走。

在那一天，我的天，为什么把这幸福的果子赐给我。使我不再忘记，流下泪来追想这起事。然而，上天，你的恩惠仅是那一天，忍心把我活到有像如今不幸的一日。那一天，不是，天是那样好，花更显得美丽，就是那春风也够多情了。那是第一个春天，我知道春天好。在那里，第一个女人爱我。

经过一丝丝柳枝的下面，我和她，谈到男人，谈到心，谈到女人。

——女人，是最会变心的。像一池水，她不经意的忘掉那曾经落下的影子。在笑声里，她忘记了别个人。（我说）

——可是，我却不是这样。我不会忘记你的，孩子，你无用疑心，我是一直喜欢你。（她弄着花说）

那女人的胆子风也吹得破的，我跨过井栏走。

——我怕，不要这样，真会跌下去的。

一个男人，他有勇敢，不会掉在一口井里。只是女人的心，像海一样深，一块石子丢下去就不想再看见天日。

我想到这层，又使我烦恼起来。想到自己微小的生命，不要如同一块石子沉在海底永远翻不起一点泡沫。

——我心里想，我怕是一个短命的人。（我顺口说出来）

——不，我会比你先死。说不定，你为了年轻，日子长久就要忘了我的。

——但是倘若你不死，你一定到一时不再喜欢我的。（我说）

——你不要尽想，我不爱听这些话，一个人，不要在梦里，呆想到这是梦。没有来的日子，就一定是苦恼的吗？一朵花，不在她盛开的时候思虑到谢落。月亮，倘若没有缺过，她不会在十五的日子里显出她格外的光辉。

这样，我是一天一天陷落了。为了思索，在幻想中捕捉那般莫可以得到的虚事，徒然使我渐渐的憔悴。一个蠢人，为什么要想到多远的地方去。看着星子，你再多玄想，就看不见天上有一点明亮的光辉。在幸福的梦里，就会想到在幸福的背后躲着的鬼。世界上就有那般愚人，对着太阳想到黑夜就惊怕。但是聪明的青草是不曾想到过有秋风。我是不幸生成的愚人，在欢乐中为一些去不掉的过分的幻想劳苦而疲倦。枉然使好的日子飘过去，是一阵再也不回头的风。我就屡屡想到可笑的细微的地步，甚且把女人想到向下，而使我恶性起来。这样的人，给朋友讥笑也是应分。聪明的人，他们知道怎样享乐现在，女人的笑在他们当中是可贵的宝贝，再不虑及有一天因为隔别而掉下泪，那无妨，天下也尽有别个女人的笑来填补偶然的伤心。可是我，往往在现在的"笑"里，疑心到未来的"哭"。我是异常狂妄的要实现我的妄想。我企求的是一种"永久"，这"永久"就使我永久困死在梦想中。我想到,一个女人要爱我,永远的爱我。并且我说,那恋爱是性灵的神合。朋友们,当我一个疯子,说:世界上的人都是肉,肉里面是永远寻不着一点灵魂。水当中是不曾留得住一块银屑。而我呢?我要逃脱色和香,在我的理想中,在痛苦里得到一点超人的爱情的真趣。一切现实的必然有限止的地步;而在精神里,存着一种不牵涉色肉,不计较形体上的得失的,觉不出任何滋味,永远长久捉摸不定的神秘的爱。唉!这可笑的梦想。

在人群中,站在有泥的地上,这思想是魔鬼。就是把现在的笑轻轻地让她溜走,而抱着未来痛哭。终至于一无所获,而被黑的魔鬼抓住丢在死的火焰中。唉,我不幸,得了这医治不好的病,日夜在虚幻中,疑虑中。在忘记快乐,担心未曾临到的灾祸。那些灾祸就会临到,倘然你真这样的想。疯气一天一天的跳进来,我变成一个不安心的人,思想到不得转来的半空中。而疑虑像一匹颠狂的野马,分开我的心用力奔跑。

对于这爱我的女人,我生出疑心。她像冰冷的待我,她像火热的爱我。她不说她爱我,或者就是不能用言语说出的热爱,因为女人是用眼睛唱出她的情诗。但或许她不过是一个平凡的肉作的女人,谁人不肯在她爱的人面前说出一个金黄的"爱"字。唉,女人,那简直是一口井,测不出冷暖的井,看不出深浅的井。井里的水是女人流动的心,那像一面镜子闪忽了人影,而欺骗一个呆子跳进井里淹死。那完全是虚空,一面假的镜子。一个陷阱而等候一块石子掉下去翻起一阵水泡,发出一声响。我转又想这爱我的女人,果真她是在爱我,那一定又会去爱别人。月亮的光不光照好人,一样的照临恶人。

于是我疑惑，这无须用的疑惑，有一天这女人要离开我去爱别人，用那对待我的假话，笑，去对待那第二个可怜的男子，像第一次一样。这思虑整日整夜的在我头脑中旋转，把我拖到怎样一个困苦的处所。我就无故地拔了两条腿在她门前徘徊，当我见了她我用两只哭肿的眼睛向她的笑脸望。这刹那间丧失了我的聪明，我把女人不爱听的话告诉她，纵然这全是真心话，但女人是爱平平淡淡的过生。一个男人过于钟情或是为她死，她们就最不喜欢这类人。

——告诉我，好人，有一天你会忘了我罢！（我说）

她迟留，那眼光定睛望了我这可怜的疯子。像含了怜悯的笑，一忽那自尊的心重始使她变成一位庄重的女人。她不回答我这句话，如同没有听见。

女人，谁个不爱快乐。人的口是专门为女人发笑所用的，在平时她们不爱有一些儿烦恼。但我是渐渐地显明我的疯气，一天一天的忧郁下去。

——为什么整天这样忧闷呢？我想要你快乐一点。（她说）

——只是为了一件事，无用说得的年轻人的病。（我回答）

——你看见的世界太小了！有好的人在，等好的日子来。

这好的日子在哪一天？也许，这日子在我临死的那天。

口，这是一件不尽忠的东西。心里要守住的话，往往如河水决口一般流出来。一个男人的心事，是千万不可以告诉那女人。女人，她要听你那虚假的话。一个人的真心话是要说给自己听的。但是我把这忧郁的原因不提防的说出来了。

——阿！这全为了你。

她受惊,眼睛的火光里射出她的惊惶。她想,这男人是可怜可恶的,年轻人的热血和力,应当放在有用的另一方面,决不是在一个女人的低下流泪的。

——那,为了你自己,在我想,还是少来来罢!

这又使我明白,我又做错了一件大事。岂不是令我更伤心?在前几天,那些放肆的说笑,却不会走到忽然可以转变的地步。而且我强迫,用纠缠不清的方法来要挟,要她在呼我的名字前头加一句话;那分明是有太阳,她不肯在阳光下面露出她脸上的桃红;这应该问在没有月亮的晚上。况且爱情,可以用你的手你的口无声的说出来,一句话是无用的。在一家私人的医寓里,我不是琐琐不止要她说出一句话。这一句话她明白,有太阳她难说。也就看清楚我这不懂人事的孩子。

这一些,我都知道。那不怪她,这样无情的舍弃我。也许,真是为了我好。但不幸这天正是我的生辰,一种细微的声音切切的问我说。

——这女人是不再爱你这疯子了。

我气愤得张开我血红的眼睛,那男子的光辉重又在我头上炫耀。离开这女人。我告诉她,不再来了,或许,这是最后一天站立在世界上。她为这事惊吓,跟了我出来说了一串我不曾听清的话。

回来后,我睡在床上哭,用我的眼泪来洗刷我被欺的伤心。那七八天的功夫,我除非讥笑我自己。但是,"时间"将一切疑问解答了,倘若不是,那一定是女人的心天天变。在有一天,她和我同忘去了那从前,在湖里面她唱歌给我听。

是三天以后的一个晚上,这平生,难忘记的一日。那是灵魂这魔鬼欺骗了我。我对着人，肉做的女人，像对待一座玉石的女神，向着她的神光高声颂赞。那一件有趣味的事，在我的心跳中，妄思中，不留意的逃掉。那一晚，天上没有星，更没有月亮。在黑暗中，她要我同她经过一条小黑巷，本来是无须走过的。

——阿！太黑了，我怕。（我这样说）

她走在前面，伸出一只手挽住了我，我就，满抑着烦乱的心跳，挤在她的身边。那手，冷冷地，又是那样温柔。她的心分明在跳动，和我一样快，一样乱。这正是没有太阳的夜，连一盏灯也已熄灭，那是一个好时候，来试行可以脸红的趣味的小事。然而，那思想乱麻一般的充塞我的脑中，我理不清一点心来爱这女人。我们走，走到巷子的底碰到关闭的门又回转来，又是那样默默地走。这，这可咒诅的灵魂，欺骗了我。

这成为我一生的缺憾，为了我又时常痛悔。可是在我不幸必须想起这一晚的事，我自己骄傲曾经做过一件不同于寻常的行为，纵然是可痛心的。就此渐渐知道灵魂害了我，但对于她也无可奈何地欺骗自己，教灵魂受冤枉。

为了过虑，狂饮，我病了。我满心相信她会来，用手来抚摩我火热的额头。她不曾经说过？倘然我有病，她一定来看我。于是我望她，望她来。门外柳枝子沙沙地掠过石阶的细声，一再教我伸起我困倦要死的腰来看门外的人。那只是静，风在吹，倒在石级上一条条柳丝的影。

黄昏告诉我世界上一个谜：女人的话不能相信。

春天晚了，叶子更其深，说夏天亦来了。那"日子"的追

迫，如无形中妒嫉与诽谤的箭。我就悄悄地走了，在末一晚，我告诉她为她所受的枉曲。

——不会忘记你的。（她末一句话依然如此说）

那命运带了我到海滨，到海滨，我还要等候她回来，这里也有她的家。她果然来了，不给我一点信息地来了。那天，天那样黯淡，我终于去寻她。她出来，说：明天到别处去。我转身带了将要落下的眼泪气愤的走。我就再不曾说出一句话。

从这以后，教我如何分得清她的心。我又走，在一千里外的山谷里躲住，我盼望她会有信来。但那都是妄想。我为受欺的耻辱和这不信的女人所气愤，我终于举目望不见我日夜梦想中有灵魂的人。这世界，似乎只存了我一个人。"死"伸出她慈悲的手领我走，我就惘然告诉她我要死了。

当一个人在未死以前，必然仍有数千遍的疑问。死？不死？我想想：为一个负心的女人死吗？那些细微的声音发出"不，不，"的音调。在溪旁，我徘徊，望一望天，青的草。迟疑着，终于不曾死。

一天挨过一天，我是任性随便的活着。我再不想去思索一件事，就在迷糊里过日子。秋天带给我一些清爽；我极其喜欢，就是"忘记"这样东西渐渐的爬进来，我自己觉到轻快。对于过去的颠狂自己发笑，这可庆贺的复活的青春。

当我回到海滨，我怀着新来的好梦。生原是梦啊！这无可贪恋的梦。在那一天，天晓得，也会有这样不幸的一天。那一阵飞来的声音刺着我的心说：

她死了！她死了，死在我到山村的途中。

如今，她重又来扰乱我的一切安宁，像真有鬼似的天天追赶我，纠缠我。这鬼，是没有一天捉摸到，那是更令人骇怕了。唉，灵魂，恐怕还是有的；看这烟卷，这末一枝的烟卷，不是星星的火光，是她的眼睛，在看我，问我。我，我真成了野兽。纵然是，那也是有灵魂的野兽。唉，疯了，我疯了。就去死，这完了！

十八年十月二十日晚，南京中央大学。
原载1930年1月《新月》第2卷第11期

某夕

天快黑，外面刮着大风，吹起迷眼的沙子，到处是。

没有点灯，我坐着等，是近黄昏的时候了。

一个女子要来，在等着，我自然想起她了。

好像很久，确是离开不近的日子，就因为此故，我一点不怕想到她。就从一个屋子说起，那房间的号数大概记不十分清楚了，那屋子只是暗，且潮湿。我们三个占据一只朝西的角落，二张半床（一张行军床挤在墙角里给另一个人在白天当椅子用的）围成功小小一个城圈，我们住下来了。朝北一个窗子，当前一棵大枝大叶的绿树，遮住大半个窗槛，纵是有太阳照进来，显得多幽美，我爱极了。

是那一棵树的底下，我们三个人可以面对面看见。那一个借住在这里的部员，顶温柔，虽则起初一来我欺负他，为他能容受这轻侮，我倒和他十分要好。瘦瘦的，戴一副眼镜，常常笑，笑出好看的酒窝。但是这些清秀的面貌不是他的好处，他安分做一点平常的事；此外，他不想女人，是为我们所不能及的一件德行。

这年轻的部员安分的按时候去做事，不懒，亦不丧气。他是好人，就现在，我一点看不出他有什么坏处。晚上他回来，带一些小说躺在行军床上看，容易瞌睡，就那样不理人了。还有我要说，他和我一样患胃病的，却是他爱嚼着糖，他常常吃。

此外就是一个法科学生了。我要说，这人是十分体面，会说话，会办事情。虽然不时要患眼红，有一次又害了疥疮，那不是常事，除了走路有些不同的姿势外，这人是可说给一般女人所喜爱。有一点我不大喜欢的，是他张开大嘴狂笑的时候，那声音的屈折使我惊奇非凡，但日后一过久什么都变熟，这慷慨的年轻人有好多好处为我知道。

有一点因缘，先前我们都同在一只中学里念书的，班次不同，现在偶然碰在一起，像是很好，我们用一块单被做门帘挂在两张木床的中间，算是走道，辟成另外一个天地，点一盏灯。

从夏天搬进来住，已经是秋天了。那一棵窗前的树渐渐的给风刮完了叶子，我们能够透过粗干子看见天，看见近近一座小山上一幢破旧的塔，从山顶蜿延下来的一条路，两旁栽着的小青树，变黄了。

落着雨，我们容易听到叹息，在黄昏天快暗的时候，一种凄惨，绕着。在夜晚睡到顶黑的时候醒来，听到掠过屋角那南方雁子孤独的叫声。想到自己。天是黑。除了雁叫，望不见东西。

这一伙人天生放浪似的，都爱喝酒。我们常常有小小的筵席举行在这小城子里，部员喝一杯黄酒也脸红，甜蜜地笑。那一个法科学生抖擞起喉咙唱戏了，音调像很响亮，但我不懂。

秋天的早上，很凉爽，却不顶冷。这三个年轻人有同样的习性爱做梦，瞌睡到早上是不大醒的。等到一大排脚步从门前杂沓的拖过时，才想到起身。那年轻的科员赶忙在一堆帆布床上的棉絮里转一个身，摸索他的那副搁在桌上的眼镜。法科学生也用手

擦那细小的眼睛,先在嘴唇上拍着小声响,一纵身坐起来,他喊我,念出那要上的关于某一类"法"的课程的名称。草率的做了晨间的事。

我撩开帐子带着为某一类事的思索所遽醒的神情看窗外的阳光。温和的光彩里三个蠕动的人,都像惋惜这清爽的晨间被糟蹋了似的,感到漠然。

我们就开始一天的事情,都是无趣,直到晚。

三个孤独的男人,说到女人,就起劲。有些夜晚,使我们为着季候所生的忧愁,惟一的消遣是纵谈。各人有主张,多爱直说,等到熄了灯这些事情才平静。

到秋深,各人的脸上都已苍黄,谈久了常常空着一大片的空白,大家缄默。一些年轻人总想找出一些事情做,凭空幻想。

这时候我们正忙着演戏,法科学生×当然是入了伙,我也在。有一两个起劲的人干这玩意。总不如意的是没有女人敢来,像是一大队狼等着什么事,小羊子吓跑了。

在一间楼下,好几个年轻人在等,×和我抽着烟,谈笑。正想要散伙的时候,一个女人的笑声跟着一张粉白的小圆脸,一双媚眼在这室内生了光。

就这样演起戏,×和敏子搭了角色,我为怕羞,只能承下演剧时杂务的小事,但走去看他们素排,是常事。

有一些不大舒服的心情常常给我摸着,我忧愁起来。这些事早被×和部员知道了。

所排的戏一个晚上在一千多数的黑眼睛前头演成了,有嗤声,有笑,有鼓掌。我在后台看见一些女人脱下红衫,走来走去,寻一点水果吃。一个女人认我是夫役,我穿了灰衫,任她骂,我并不作声。还有其他一些嘈杂的事情都使人烦,发昏。可是敏子笑脸里一双大眼睛,我渐渐觉那里面放着些什么引人的东西了。

闭幕后,敏子和×喊我走出人群到外面花园散步。

我不说谎,那是多好一个月夜。敏子在走路的时候渐渐放肆了,捻了手,还常常故意为石头绊跌倒在人怀里,是不止一次了。我们拣在一条长靠椅上坐下,一棵藤树的弯条挂成一个幕在我们头上,天有点寒,坐得紧。听到那大楼里锣鼓喧响着。

听她说自己的身世,她有一个不好的家,不要她念书。还有一些幼年漂泊的事她都说了,我们能够看见她那双聪明的瞳子里含了水气,而我们,心底下暗暗起一些悯惜,是不可免。

想象到一只可怜的小鸟,没有好好的巢,我们为此分担了一些忧愁。可是在小径上缓步时那温柔的手,教我怎样好说,早就心跳了。

离开一些日子,天好像落过一回雪,冷。一次在路上我又看见她,她答应下我所要她做的某一事,远远地在一棵梧桐树下望我,我有些迷惑,有些恐惧。

那晚上,另一个法科学生来,他平常多会说话,会抽烟,会笑。但今夜落着雨,他淋了一身湿,变了色,他郑重地说话。他说着,用眼睛瞟着我。他说有一个男人写了一封信给敏,给她家知道了。他骂这男人,说这事妨害他在某一事上。

我不愿多多叙述这于我极惨的一晚,我坐在自己的座上不响。听这另一法科学生和×切切在门外说话,并且愤怒。我用非

常的忍耐等候这一个人的去，我走了出来。

天黑，落着雨。我一个人走过一条没有灯火的长巷，我到了邮局门口。那些光景我不能细说，我恳求一位有一只肿青的眼睛的邮役为我检出下半天寄出的一封信。

我是极其惶恐回来，撤回一封信，一颗心。

于是那件事我不愿再想。×和部员给我在此事件后若干友谊的安慰。在病中，我渐渐搜罗旁人所告诉我关于这女人一些下流的事，关于革过命的某城刚刚换旗子的不久以后，这小女人如何和一些坐汽车的军官来往，以及前此后此许多近于卖身的丑事我都听到。我略略以此宽慰自己。

到春天，有一件事×不能再瞒我；他也不。一棵大绿树窗下的小小的城已经散了伙，留着我一个人。×得着许多方便和敏子做了一些男女上的事，我很知道。这些都不使我怀恨×，他自然有胜过我的好处，那是他的聪明，他知道洋服的穿法。

部员和×，与我在友情上建筑得十分坚固，为这小事件我们更其融洽，这些男人所秉赋的天性，我们没有失掉。

×和敏子的爱，是达到了敏子所能给的某一给付之后，知道敏子所需要男人与她相当的另一物的给付，且发现敏在这行为上同样与其他男人做这买卖，他停止这项交易。

敏子就渐渐不听闻了，隔了很久。

那年冬天×和我们分手的晚上。×告诉我们，他要离开我们这一伙单身人，做丈夫了。他还做了点使人难忘的事，那一晚，他哭了。那也是够伤心的，在我们这一伙人想：这样年轻就去做一个父亲的事，总是太早了。

第二年春天，×还没有念完大学一定的年数，他虽不曾卸下一个大学生的名号，却在家乡兼理一种特权机关的委员和部长，他做了那个城池第二位的小皇帝，我们自然很庆幸。

他做了官；做了丈夫，又做了父亲。

初秋时我们又聚会了，他那个儿就长得十分合着身份，只是那笑声没有变，我仍以此取笑他，他也不恨。可是他在性格上变成一个对于世事熟手的人，再没有年轻人很蠢的忧愁，是很可惜。他并知道一些礼节，关于杀人的事他说起来并不怕，他并告诉我这些乱党的罪恶，该死，我都听了。

可是我并不在一个朋友的主张上计量，每一个人会随机择取社会上某一种出路，那些主张只为主张自己。我是很纷乱的，不大有主张，不用那一理论为拥戴的目标，要社会好，是人人所愿意的。大家都竟说自己的主张好，是无非为自己利益打算。

不说到这些。单说×忽然又和敏子有些来往了，有些破费。且看见敏子睡在他床上哭。（但这回，是不比从前，敏自己明白）

为这事我并不十分留意。一个女人哭，总为伤心。敏子的伤心我能猜到一半，她是被一些做买卖的男人看定了："这个不正气的商人！"而她的同伴，是一半为了社会上人对于敏子的不齿也不齿了。

敏子一定有烦恼了，我想。

白天我还见到×，晚上他接到电报回家了。第二天下午我正贪好瞌睡，有电话叫醒我。

我下楼去听，一个女子的声音。告了她我是谁她才说话。她先说到谁的病，问我看了没有。说到和我认识一人的事。再问到最近一张影片好不好？她要看。再下面，她略一停顿问×哪里去了？我告她×回家去，为家中有人病，恐不久就来。接着她说她日内要来看我，要来"玩"。

一个女人要来看我，没有什么事情罢。来看我，来"玩"。这是实在没有可称"玩"的事，我一个人瞌睡，抽烟，写点文章，要一个女人来玩什么，我笑了。

在从前，她可以来玩，教两个心跳，教脸红，再教……现在呢，这些事不能做了，钟停了摆是很寂寞的。但我也想到她无非问×的行踪，来玩也许有别的玩的意思，不能一定。

第二天第三天她都有电话约定我某夕来玩，我等好了。

不是呆等。我一个人想。

在黄昏，很温和的，没有比上静下来想一事再适宜了，是等这小女人，就想到她。

一想到这女人曾经使我羞愧，真气愤；我应该不再睬她。但我总有那宽恕一切人的软心肠，对于人坏，只可以怜悯了。一个英雄，不为季候在他心头上感动，这点不是易事。一女人在某一制度下被捏成一种典型，是无可奈何。给风气所诱惑，诱惑人；那一点不能抵抗外物的心，当是无用。然而应归罪于她以外一切使她如此的原因，也非无理。只把一半责任怪她。

要是我只怪她忽略了她以外的事，不大对。

如此想，把念头转到影响于她的种种制度。但毕竟这女人是变成制度下一个坏模型的东西。

我就有了勇气试试一点自私，似乎无愧于心。我是可以

"玩"，像她"玩"人一样。我点燃了一枝烟，为等她来。

那就这样做，顺手拿一枝烟来，点燃了，等烧完；或是留一半丢了，让别人拾去用。或者是把一枝烟来丢进痰盂里。

但这种种方式都不宜。不应该如此。我要等着这机会来，把一大篇话告诉她，说到她真的受感动而掉下泪哭。我相信，我能。我把一点拯救的意思告诉她罢。我当她一只小绵羊迷了路，指点她，一条正直的路。

为这劝人为善的心思所激发，我想一篇说话。

可是我继又想到一张纸折了皱纹，你用什么方法去压平呢？这是难题。

我把一个黄昏想完了，这女人不曾来。

天黑下来，一大队脚步从楼上响到楼下去，是吃晚饭的时候了。我不再往下呆想，听到窗外刮风，有点冷。

原载1931年4月《东方杂志》第28卷第7号

七重封印的梦

这男人他在呆想一件事，这事他新近才明白这点神妙的趣味。凡是新奇的，那都含了欺诱人的香气。后来他觉得世界上还有什么比灵魂更高贵的，那可断说没有。只是在他的年纪忽然跳过二十这数目，就恍惚他的眼睛有了改变，一样新的发见使他惊奇。他看见女人就莫明其妙地心跳，一半为了害怕一半为了有一种古怪的欲望在。这种新奇的事生出趣味，是慢慢地侵占了整个的心。再看不到灵魂这宝贝，一块块又鲜又嫩的肉他都觉得带着香味和颜彩而且心想试一试。

在他身体上就有那么一种力量在冲动，在轻轻地敲他心壁，命令他着手试一试。他自己很明白一件新奇的事是必须尝试一会，说不定有意想不到的乐趣。一个人若然永远没有一股勇气向着有危险一方面探试，将永得不到一点另外未尝过的风味。事情未曾遇到过，至少是新鲜。就是新鲜，也够教人冒险去试行。这男人知道这道理，他搜寻各件事，盼望得到一点不同的趣味，他是费了气力向每一条未曾走过的路上走。在那不熟的路上，免不了碰着一块石子，或是掉在沟里。每一条路不都长，短的就令人乏味。所以他存着希望尽管好奢侈，但是每一到全都明白了这件事，就感到灰心，事情都太平凡。至所谓新鲜，那只是存在做着那梦想之先。对于女人，他应当说是一件才上题目的事。往天，当他看见一个女人的背影时，他是异常满足地只赏识了背影而离去。在他想：这就够了，倘若一看了脸，说不定会是一副丑脸，那不如不看，得到圆满的臆想，而使得不失望。他看一看背影就满意。所以，每一次都得到美的臆想。可这近来，那新奇的冲动叫他朝另一条路上走。那不就是说，要转过去看一看那女人的脸。

他就开始进行这件事，祖先遗传给他许多聪明：他很明白要怎样在眼睛里唱出情诗来；其次，一双手是用来表示心里要说的话的线；一张口那是无用说得生成代替说一个爱字而挨近女人唇边的宝贝。（这宝贝，更能发出一些好听的哭，一套生光的谎话）于是他向人队里插进去，在寻找佼好的伶巧的一张脸，细的腰，和轻佻的步奏。一些些小的失败使他更聪明，更精练。这小伙子就逐渐熟悉关于此类的手法，乃至极精微的。

他因此学到几件法术：对于女人要略微带一点虚假。因为他想世界若全是真，那就平凡得没有一点稀奇。唯有躲在虚假的背后才有许多更生色更有趣的情事。一有假，世界就光怪陆离，而且美丽了。（也无须管得这美丽是不是刺人眼）爱情也就如此。次之，他知道要怎样在女人跟前显示骄傲，如此可得到高贵的女人，也便当的使女人屈服了。

可以想到，不久时光他已经寻着一个女人。这女人生得好，那样温和。尤其是对他，格外的体贴入微。在当初，他认真地为自己夸耀，像不存专心一样的来应付这女人。但在松懈里他聪明地扣了一个结，不使这事情落空。自然，那夸耀使女人迷了眼，她走进一步。然后他不肯放宽一手的时常和她游玩谈天，从这当中寻一点机缘，一丝缝，好乘隙前进。这才是用苦心的时候，那必得要仔细做，就连透一口气也要留神。要在女人前面不露出一毫令她不喜，令她不信的影迹。倘然你要进一步，不要使有退一着的危险，纵然这危险是必得踩过去，但总要小步走。在进展之中，切要提防倒退。这种进难，停留又不能的焦虑，才是爱情当中的最大乐趣。

渐渐地，靠着机会好，在那一次她几乎滑跌，一双手就乘势伸过去，甚至于过分的抱一下腰。除了她的感激，是不须有半分担心。他喜欢，这事情有了头绪。破了例的事是再顺手没有。于是，在那黄昏里太阳没落的时候，还不曾点灯，那黑暗给人做坏事的一种机会，也成了一种暗示。就用一套热火火的话来荡动她的心，不知不觉里用两张嘴拼成一个爱字。

这进展中，他更精于习练说谎话的嘴，说出好听的香的动人的字眼，总使她糊得不露一线细缝。在作为上，还想先使女人自己发痒，受到暗示自己跳进圈套。

在两个人假的话假的笑的当中，堆积了拟造的"真情"。这男人相信这女人是在爱他，在为他颠倒，他心里又好笑又欢喜；只是他更聪明的是他并不真心爱她，因为他早就不明白什么是爱，为什么这对于某一个女人的美丽所生的欲望的坏心就是爱。而这女人，心里骄傲拿这美丽的肉也够上男人的一点皆迷；她可以以此卖弄她的风骚。于是这两人，都是自己欢喜，自己胜利，拿自己的巧妙的伪术的成就互相推测。这"朦胧"不说穿，是无上的神妙离奇。

这种"自足"使两人爱情更快的进展，到了猛烈的地步。单用口说出一个不出声的爱字是不够他们的欲望,每一个人心里存好一种主意,试试更进一层。这冲动自然而然地来催促他们,使他们的血流发烧,心头跳。这男人,对于最后一步是更谨慎的等最稳妥的机缘。这女人呢?她觉得总似乎要慢一步才显出她的高贵,因为头一次是更要稀奇,更要珍贵。纵这事情破例以后会继续行,头一次总是不同于其后。这又似乎是把身体比成一张纸,一折过来就印上一条再也压不平的皱纹。因是她早定当这更大的事情要等待对手,那只是等待而已,对手一提起就承受。

男人是细心的,这一步是不能走快。爬上山顶而滑跌,是要滚到山腰。一回失利就很难再进攻,则此非一试便得手不可。要如此,非等最好的机缘来才行。在白天,说出这事是躲不过太阳光下的一阵脸红。在晚上,讨厌的是多了一盏灯。要自然的使灯熄,最好是靠风,或是让油烧完。

那一晚,天飘雪,跟着刮风。她坐在火炉边烤火,算定拿"天下雪"做理由多迟留一会。一个人在犯一件罪或是做一件坏事,总要找一个理由来推托,好宽恕自己的良心。明知这是只好宽宽心,那也何妨就当真。她心里盘算着,天冷真该多留一刻。钟一次一次响过,他们像都不曾听到。直等那发出最多数次的警告的时分,他才想到应该开口。他就说到雪天难走,于是开开窗看情形再走。果然雪飞得真大,风也响得厉害,又可怕。他正要回头说话,那一阵好风吹进来,吹冷了灯火使屋子黑漆漆地。真是晚了!他俩都带着抖声埋怨。这埋怨多少又成了一个理由。

这样冷,这冷的天,挨近了女人的热气是应分最舒服,这聪明的思想立即跳进来。他想到前一晚,被梦所欺骗的白欢喜。他迅速地燃烧起那欲火，来冒险走那最末一条路。

于是，他抖缩缩地挨近她，不说话。在空默中，一个心里的话穿过黑暗的海传给那另一个。一些时候的静，说明了许多的话。他们像闭了眼睛似的牵牵强强糊糊涂涂地逐渐走到那梦想的事，在无声息中成熟，天更暗了。

这是天生造成的罪孽，每一个男人要想在女人的身上用血签成一个图印。这表明"爱"有所专属，证明事情的完成。可是这就是一张宣示人生平凡的供状，这就是一张葬送了神秘的契约。这是破毁了理想的尖刀。这是一把钥匙开开了一切神奇，而见到麤浅的陈列。

他们俩才恍然大悟两人以前的种种用心的举止无非求达到这末一着太可耻太下流的破坏。这成了一个图记表明终止，而完结了所有趣味的梦想。从前可贵的秘密，就被这两个探求秘密的罪人放跑了。

他们悲愁，再不能进展到更好的一步。这男人不满足，而女人也不顾忌地显露出她胸中不有半点趣味的真话。于是他离开这女人，走到各处人队里。经过同样的步骤，得到一样地平凡。为了那精练的手法，也不曾因为失败而感到回味。于是他不禁再回顾看他过去对于灵魂的痴想，他真的笑了。

十八年十二月十八日雪夜，小营。

原载1931年6月《文艺月刊》第2卷第5、6期合刊

五月

五月，季候正是初夏，白的黄的月季花开了。天气却是变化无常，还不时要担心到受寒，有时候的太阳又会累到人出汗。三个月来江南一带隔着三两天就是下雨，街上的灰尘一忽干了一忽又泥泞了。在晚上，气候转到阴凉，像早上一样地感到薄寒。我住在一个偌大的城市里一个都会，近傍一块九十九里周围的营地，在平时，晚上躺在三层楼的床上，从窗口看出蓝天里的星子。抽一枝烟，在冥想一些空幻的事。可是这两天，窗外是漆黑得分不清天和地的疆界，那一阵阵求偶的蛙声，容易使一个年轻人感伤。时间就常常被荒废了，没有一点兴头写一首诗。

在这种下雨的晚上，我只觉到不安。一个人落寂地坐在一间小房子里，对着这灯光说不出一句话。我似乎在等待，等待时间的过去，而时间又仿佛在等候我的进行。心总是漠然地，一个晚上在昏昏迷迷里度过了。这时间，把一切兴趣都赶走了。等到可以睡觉的辰光，让那不止的噩梦来宰割残余的灵魂。

日子是这样不小心地被糟蹋了，我反而常常烦恼。想到自己堕落在不可自救的火焰中，总望掉下一行眼泪来赎罪。心是变硬的，无论是清夜，细雨或是夜鸟多么凄凉，我是长久不哭了。性情在年岁上变成异于往日的古怪，我常常拒绝一切交游，而孤独地活着。我晓得一些朋友在气我,像我在恨他们。这应当原谅的,我是对于一切都害怕了。整天用两条腿在各处走,神情是飘然的,而且有了风采似的。就这般从太阳出山一直到天黑,做了一个极清闲的人。自己是一天比一天懒,恨不得有一时不知觉地睡倒了,永远不起来。

但是从噩梦中我被仇人杀了又醒来,依然听雨落在窗子上,身体轻浮得像魂灵飞掉一样。每每是如此妄想:安静的睡了,等第二天的清早自己的魂魄寻不到躯壳才好。偏偏第二天还要听见第一声的鸡叫,看见太阳又照进来。我还有什么好说?对着青天,我只有叹气。

于是我走起来,充实我的胃。用我的右手梳齐我的头发,把那风尘和风采一齐装饰在我可贵的美发上——这曾经被女人所称赞过的。一件四季的蓝布衫再穿上,我出门了。自然我不敢再望一望睡在对床那可怜的年轻人,苍灰的脸一天比一天难看,他在小小的摇篮里蠕动地干的那一套什么把戏。我已经看惯,使我不敢再看了,他那一双失神的白眼乞怜似的向我望。但是我能给他什么呢?我告诉过他叫他不要再睬我,我是一只残酷的野兽,感情把我烧焦了心。他喜欢夸张。喜欢谈欧罗巴和中国的大事,喜欢谈治理人和做人的方向,喜欢从嘴角溅出泡沫来,喜欢用苍白的手打响桌子。这可怜的人!可是我完全和他两样,我是僵死的,爱一点永远的空虚和静默。我自己知道,我是朝着死的幻象中走去。这可怜的人,连一点怜惜的心我都将没有了。我厌恶,他那心里对着我的感情烧着贪婪的火!

我一个人出门了,我经过一条池塘,水是盈满的铺满了不露缝的青萍，小小的刚脱了尾巴的小青蛙黑黑的米小的两条腿在池塘边跳，这是那永夜鸣噪的青蛙结成的子孙。在我的鞋子下无声息地死了，在我回头一望的时候，那前面的又活活泼泼地跳进我笨重的鞋子下，死了。小路上，怪难看的蚯蚓在湿的泥上爬，使我的胃翻动，我只好不看了。然而这是每个早上所遇见的小动物。

我走过一条桥，这是一个整齐的花园，露水亮亮的挂在冬青树上。那飞鸟我不认识他们的名字，在天空中飞又叫着。白的大绣球开着满树，从远处我隐约看见一点红围巾的颜色。这该是一个多好的早晨，紫藤花和木蔷薇都开着，而这应当不是一个人散步的地方。

现在我是一个人了，我记得清楚在去年的五月，这五月的园子里，我是曾经触破我的手摘过一朵花给一个人的，她是走了。看到花比去年长得更好，露水又新鲜的，虽然有点子凄凉，但不曾落泪。想到隔几天刮一阵风下大点子的雨我会快乐起来，地上一定掉满玫瑰的瓣子，而憔悴了。想到时光会使人老，使人死，真真使我畅快。一个年轻人所骄傲的是他的年纪。但年纪总是不久长的，这一点不错。

看看白绣球花躲着的一条红围巾，我好笑起来。这样好的五月的早晨，香的花，新鲜的露珠，鸟的声音。

中午有一种困人的空气，这才最好有一次瞌睡。我一点也不推却，等抽完了一枝烟，慢慢地让我的眼睛闭拢来，于是我给好玩的梦穿过我。一些时候的不知不觉使我忘了我的世界，这样我真轻快的在别一个天地里走了一圈。太阳也是不久长的，那恼人的细雨摔碎我的梦,我醒来已是近黄昏了。

　　我摸索我的生命,只在自己的记忆中忘掉了。我的胃在启示我应当做的事,凭了我的身份我去赊了一餐饭。幸好天又晴了,太阳这回从西边出山,红红的,却是温柔。有一点风在吹,我走过那爽快的光线里爬上一条古老的城墙。城墙的石缝里长出好大的树枝,也有几朵野花;这颜色写着过往的历史,关于英雄或是美人的故事。我徘徊在古城上。城外湖水里芦管上飞着野鸟,还有那云彩在我们的头上走过。夕阳不久留了,它沉落在地平线的下面,暮烟蓦地从地面升起了!

　　于是我恍惚看见夜的翅膀在天空中飞,恐怖的话标在黑天上,城墙的缺口处伸出引诱的手,芦管吹着超脱的歌。然而在明亮的灯火之下,一千万只的眼睛招呼我,像要流泪一般的可怜我,我从黑暗中讨回我的生命,我回来了。

　　山坡下睡着许多过去的人,他们的气息逼近我,讥笑我。呵,呵!同那风一齐放声大哭。他们一阵说:回来啊!回来啊!我有一点生气,我不回答。孩子们,耐心等一等吧!

　　我完全虚空的回来,却是异常轻快。坐在我的椅子上,吐一圈圈的烟。忽然我想起那愚蠢的小女人,她一定在灯光下埋怨我了,她的心里刻着我薄情的符号。实在的,一切浅薄的笑和肉的闪动使我厌倦了,我连一点兴趣也没有来玩弄女人的青春。让她去寻更好的对手,在相互的欺骗中完成那一幕喜剧。我的职务在监守我的秘密,等到那可以买卖的心拆开她花花绿绿的包纸和商标时,我必得分手。说一声再会!

　　因此我离绝了这小女人,她不曾严守她小灵魂的秘密,全盘的用各种丑陋的手术想掩饰那浅薄的心，我早看清了。让她去伤心，不问她诅咒我成什么样子。她用一个平常的商人的目光来和一个心的富有者论价，那一定要失败的。这些在灵魂上患贫穷病的人，不在她们的眼泪上估量价值。

我已经疲倦，把我的手写酸了。不要常常伤害自己，所以我必得再去做梦。在白天，容我一个自由的在幻想里徘徊。在晚上我听凭上天给我许多更离奇的境过。这是两个世界，我就跨在这两个有趣的世界上生活。

但也许我真会伤害我自己，说不定我很快地走进第三个国度里去。一位朋友对我说：梦是一只消耗精神的老鼠。然则我真贪爱两个世界——甚至那尚未来临的第三个世界。也许这是一座桥，渡到那第三个世界。

于是我愉快地停止我的笔，逍遥在我的幻梦里。

十九年五月十七日雨夜，南京小营北。

原载1930年6月《新月》第2卷第12期

青的一段

　　于此我将以诚实的态度叙我二十年的生活，这些日子我自不能引以为光荣，因为可鄙弃的与耻辱的正多。我唯从事于老老实实地把自己的过去供呈于读者之前，不渲染那些似可夸赞的，也绝不掩饰那些卑微可怜的，我相信，只我自己能知道自己比别人清楚；一个外表上处处不留心而易于暴露自己的人，往往容易给别人猜错，就因此有多少人（甚至于最近最亲的朋友）也会对我生出许多误解。我不是喜欢把自己拿给人看，因我自知只是顶平庸顶卑微的，我凭什么要在诸君之前显扬自己的陋处？我想不必。我既没有天赋特异的才能，而我的一段生活又没有多少令人警奇的事故，你们爱看奇险的峭壁和急流的水，天上幻变的云彩，火山喷出奇伟的岩石，对一条小小平静的河，你们将只感到平淡，不能刺激你们的神经。但是小河尽管小，这小小的水流有它的源头，这平平的水流也一度经过小小的风荡起细的波纹，落日与朝阳照耀过它，杜鹃夜莺的歌，也一齐听过，它享受的快乐和忧愁虽是极少，可是平淡也不少有它的过去。

　　我还以为：我不是仅仅告诉你们我的过去，我的过去是只我一个人经历的，但你们与我相同的在这一段时候里做了人，我们同在一块地土之上，天盖之下，还似乎有些气候与颜色我们是一同受了影响，得着异样的结果。因此我敢大胆在写我自身以外，那些与我有关系的都想写来，用以记载这日子中较有意义的材料。我写，从我记忆中不曾忘掉的，但不一定就是精确。我不在告诉你一个数字，而只是一个相近的程度或方向，指示这个时代这个环境的形式。自然这些记载全凭我的揣度，所以我得声明这是"我所看见的世界"。

从各种复杂的事物中，接触于我的各样形色的人物制度与思想，如何产生我的个性，我要将这索引的线画出一条粗糙的轮廓。社会对我们是同一的景像，不同的人所收取的浅深不同，正如照相的底片收光的强弱，不能一律。家庭做了我们的光圈，好歹给了我们童稚时代许多强迫的干涉。

我已经略略说明了这篇传记记写的旨趣，同时我为纪念这一段将终了的灿烂。十六年的学校教育是将次要结束了，回忆过去只好像青春的一段：嫩，又鲜明，有着十分的可爱，因为幼稚无顾忌的度了多少快乐时光，我有多大惋惜与伤感的情调来追述春天的光景。深绿的颜色已经展开在我的面前，浓厚和密到底是不可了解的深奥！预料自己在季候的变化中，和别种颜色的掺杂而成为蓝，又复不能止住枯黄的收梢，谁能责怪我用着哀悼的口气来祭读过去的一段？

但我也不敢躲避我的命运，我依然踏着我的步子朝前走，我尽可狠心的用心力发掘过去已经坍没的坟墓，我也没有失掉幻想于开拓未来奇迹的乐趣。我所喜爱的不是片断的美，不是零碎的德性，怀抱了没有时间的永恒和整个人格的创造，我不少勇气来探求命运的究竟。

值得我们夸耀没有影子的幻想，不应当赞美小小已成的实事；我希望每个年轻人得以夸大与强傲追求将来，这勇气将是每个在生之途径上的人必不可少的气质。

我轻轻招呼我同行的人：夏天的深绿已经长满在隔河的桥下了。

一至十岁

我已几次想着手写这篇传记了，但一提笔终又停止，我盘桓了许久不敢动手写。这原因，自然我很想把这篇内容想到周全，因此我屡屡和朋友提到从前的事，可以借此寻出一条线索；如是又经过很久，我仍旧把这事搁置不做，实在难找一个好心绪来写，我身体近来是糟蹋坏了，天气寒又伤风起来，况且正在我构思的时候，一件另外的事又给分了心，我有一次幸福的小旅行。因为这一夜美好的回忆，使我不安于缄默的过活。

幸好此地接连十天的下雪，我拣好这日子，不管身体如何不康健，因为一位好朋友再三的催促，决定写了。

在写这传记以前，我读了一册法人的忏悔录，但我已立意不效法前人，这篇传记我想没有什么可忏悔的。因我不以为自己的错经过忏悔就好减轻良心上的负疚，我不信仰任何的神，自己的行为是不必要谁饶恕的。所以我只直率无隐的做成这个自己的写照。

亡清末年三月某日，离武昌革命半年，我降生于南京西城某神道院。

我父亲，那时候已经四十岁了，他是神道书院的提调，且是创办人。这书院由华南几个不同宗派的教会合办的,专门培养宣传宗教的牧师。父亲是书院里最有权势的华人,且在壮年,不免为许多神学生所最畏惧的人了。

在此我先略一说明我家的来历,因为我们是入景教籍的人,宗祠不填我们的名字。我所知道我们一家先人事迹极少,据父亲说祖父是个魁武高大的汉子,进门得低头才过去,他的职业是在曹娥江一带航船,因为饮酒,致到临终时把所有祖传百官镇上小桃园的房屋卖掉。这里隐隐遗给我们一种强傲的特性,因为那座祖产的邻居,有个富户姓谷的,他欺负我家的衰落,把豆子一盘一盘晒在我们的空院上,我祖父为此生气一脚踢翻了,引起谷家发誓要收买我们的祖产,直到祖父临死时为债务胁迫才答应出卖。这个冤气我父亲因为培养我们读书,没有偿愿;现在父亲老了,后辈的子孙恐怕也不能报答祖父临终的叮嘱和老父的期望,来恢复先人出生的地方。

我祖父不识字,是晚年引为极大遗憾的,他时时盼望我父亲读书成大事,这项心愿终使后来的子孙得到恩惠,因我父亲最不能忘掉祖父的叮嘱,发愤读书,做了百官镇上唯一开通的人。

祖父死后,家里没有钱购置坟地,不得已用两串钱买了山顶上一方土。出葬的日子,许多同宗的人说:"这坟地倒很清凉啊!"可是这讥笑反而获得后来相反的情形,就是在多少年后百官镇上的人谣传陈某一家在上海发财了,当即有许多误会风水的乡愚,以为这块山水木一定有灵,等到我回乡扫墓时,全山已满是坟墓了。

我祖母是位教徒,我们从小没有看见过。母亲说她是个少恩情的人，这一定是因为她不曾忘掉阿婆的地位。但据说：是位寡笑严正的人。我父亲从小寄居在外婆家里，得着机会读书，入了教。十岁就单身过钱塘江进之江学院，那时候之江学院首先教授科学，是为基督教传入中国唯一的贡献，故我父除读诵圣经以外，学习了天文地理格致数学一类的学问。他以刻苦用功于十九岁毕业，但书院主持的人拿年纪太小和身体弱做理由把他又住了一年。后此他似乎做过几年传教的职务，被封为宣教师。大约二十五岁的时候，他在离上陌七里路远的沙滩头教私塾，每星期到镇上礼拜，认识了当地的蔡老牧师。这牧师当推浙江一带德高望重的牧者了，至今镇上的人犹不忘记他的恩泽。那时候我父亲又瘦又小，恰是一个孱弱无力的书生，原先在县里穷困时曾经几次为人代考乡试而以此度日的，外祖父看重他的诚实有才，不管他人以我父亲病弱而阻止他，毅然将他的次女许配给父亲。我母亲粗通文字，懂罗马拼音，极壮，有统治家务的才能。她比父小十岁，这项婚姻极幸运的缔结了。

　　结婚后在宁波有十三年的居留，我父亲当教习与女校校长都以严明闻。十三年的当中，逐次养了我四个姊姊，我父亲并不轻女，直到第五胎才生我大哥，父亲也并不以此欢喜。到如今我父虽以年纪关系不免对时下的制度思想略有不容，但他发生于耶稣的自由平等精神，绝不后人。他的通时识务为当时一般人所不及，这个待后来的事来证明好了。

　　我的家基于这种情形，使我们为儿女的不至受时俗恶习的熏染，而完全享幸福于一个维新的家庭。姊姊们得不尝缠足的苦，一样能受好教育，自是我们最可称幸的一事了。

离宁波，我父是履行成约而走的。全家搬住在南京，为我父从事于宗教著述的光荣时代。他半生的精力完全灌注在事业上，那时上海的商务印书馆正由他的几个同窗发起，竭力要他去。而他已立志终身为传道职务，决然不就这营利的事，直到如今四十年的刻苦生涯，并不稍稍懊悔当时的失策，是我父可以颂扬的坚实信仰；我惭愧不能守奉父亲的宗教，终至使我于今思想激进的时代，不敢有一言冲犯基督教的教旨，实是被我父对宗教热诚所感动，为我最敬佩的人格。

在我出生以前，我大哥之后，我的不幸的五姊跟随她终身不治的疾病降生了，她的厄难的一身将于后提到。隔年又生了二哥，因此竟使疏忽她的养育而成为家庭中最不幸的一员。再一年我又出生，这样密度的生产确实是这家人许多不幸的原因。二哥生时母亲缺奶，完全用牛奶养活了他，因此日后他的身子比我弱，天资坏，而我幸运的得着充分的人奶。

在此我顺便提到儿女在生产的次序上，常常决定其幸运或体质。这个生产过密的现象使有些在身体上智慧上得有先天的不足，即生后养育的不周也多少影响了健康与聪明。出生的次序更遭受养育的疏忽与否及偏爱或不顾，构成一身的幸与不幸，而我的五姊似乎在多余之列，最明显的取得她不利的地位。

因此男女数位的不调和，为我后来深感到，人间无可抵抗的不幸，这许是一种灾殃。享受教育与爱顾的不平等，大半基于这类机会的凑合。所以影响到我一种极不合理性的主见，就是不爱生养小孩子，当是人最慈恩的心思。

我并不埋怨父母的多育，但我是始终不以为然的。父亲因为

身弱，事务终年忙，母亲也不暇兼顾如此源源不止的麻烦，则子女的是否得着最好的教养实属疑问。幸我父责任心极重，不因为这项累赘而灰心，将一切所得全消耗于儿女的教养，在此风前残烛的晚年中，犹极清苦的度活。

在我出世的时候，我轮到第八号位置：五个姊，两个哥，排列上我略略占了便宜，虽则国制的变更起了极大的骚扰并未影响我的优越。实在算来，我是第八个出生的，有第三个姊姊在人间只吸了几个月的空气就离开了，这个逃亡为我以下的几个小弟妹所不知，因她所遗留的踪迹太浅太淡，除了一个偶而提到的小名。

既然时候在国家革命之际，我出生不到几月尚在襁褓时，曾经一度逃难上海。听说我还是一个洋人救了命，不然在出城的时候给辫子军结果了，父亲早把辫子剪了，不得已和五岁的大哥一同装了假辫子。出城时，兵士阻难，一个熟悉的外国教士骑马出城，想要招呼，而父亲在学堂时痛恶西文——不能对话。（这个当为后来追悔不及的一事，年少时固执不习英文，无论谁人的苦劝，皆不听从，直到老年时时发愤学习终不克成）那时我大姊已进学堂念英文，也羞到红脸开不出口，万难的以手势表情才得了外国教士的庇护出城。这段有趣的故事我父亲每每提到警示我们多要实习英语，且自叹少年时不屑学习英语为最抱憾的痛恨。

我父亲所以不读英文，不是偷懒，实基于种族的关系。他爱上帝，爱耶稣，是为上帝乃世界之神，没有国界、宗教的国际观念固为我父唯一的主张，但同时他极端反对外国人买地开学堂，上帝人人可爱，他的教旨不限于外国人传扬。倘借宣扬宗教而输入我国种种不利的势力，我父不缺少爱国的忠心来抵抗。这个观念使他信仰外人所传之教，而不信仰或服从外国国家。他早认定了文化的侵略，故誓不习英文，但后来在处世谋生上遭了亏折，以至欲思补救已晚。但此爱世界之神的好观念，终使他不忘自己是中国人民，未尝效仿许多倾外的教士辱国忘本，他是仍从事于国家的事，满清时的天足运动，光复时的救济难民，以及五四风潮，皆为一时的激急分子，表现他的爱国忠心。而晚年提倡本色教会的初源，实发轫于此。

在上海避难以待民国成立才又回南京，鉴于首次光复的平顺，故张勋据城所引起的二次光复，反而安居不逃了。谁知这次来得太厉害，许多难民寄身到神道院来，想借教会势力保安全。我父受了浙江的委托，办理收容赈款，在战争中奔走觅取数百人的口粮。这里看出他胆魄极大，因为缺米居然敢向军营商借。他极精明保全数百难民的生命，在他指挥下两个持枪的仆役曾一次击毙踰墙而入的散兵，维持极好的安宁。他的社会服务心太大，不辞劳怨，而永不生厌；这种利他的好处是时时得着小人的毁谗，是我在叙述家传一件不可缺少而非夸张的好德行。

这类行善的事极令人伤心，是不易受人感激。在患难中可以说出多少诚恳的话说要报恩，又在情面上答应入教，但事后永无一个人记得人家曾施予的恩典，除非第二次的患难再来时又会来说出第二次的好谎。只有在一次临刑场上救了一个囚犯，受了一支老式手枪，这手枪过了十年给熟人带去卖，骗说失掉而吞没。好说这一次的热诚辛苦有了一点结果。记得圣经上记载耶稣医好了十个大麻疯患者，只有一个依前约来致谢。二十年前的人情已是如此，一听到我父提及这类忘恩的常事，实使我害怕于那些人心。

二次光复成功，奠立民国的基础。战事完结以后满城结彩燃爆。我在神道院的马路上看见满地红皮火药味的爆竹，这记忆最不能忘，那时候我只知道战争仅是爆竹一类大声响的东西。直到六七岁认识字的时候，看到礼拜堂墙上贴着徐世昌就大总统的布告，为我幼时唯一记得政治上的事。这两件事影响我很深：战争只是火药味与爆裂，徐世昌做了许多年的新式皇帝。直到十岁以后才觉到自己可笑的错误。

于此我得详细叙述幼时的居处。神学院在西城，靠近两个怪的名字的街；四根杆子和骡丝转湾。墙外是五台山，朝西有座庙，但我小时人矮从来不看见有座庙在。地方极广大，我的家宅在校门，上去一个斜坡，一片大草坪，上坡三座大洋楼。沿坡尚有两座西教习的住宅，有藤萝爬在楼上，永年发青。我们的家是二层楼大洋房，有走廊，前面一个花园，石头围了一圈，南边并排冬青树，是儿时的游园。靠南一棵六朝松，时时有人偷进来烧香。这个地方是我和二哥小时消磨的乐园，永没有一个人来干涉我们，神学生待我们和气有礼貌，实在他们怕父亲办学严，一些校役自然奉承我们，而我们无知无虑在这小天堂里度了九年。

和我游玩的只我的二哥，他年龄略比我大，身体弱所以看来我们俨然是双生子。他是时时受我欺，因他力小也无能作对。我长得好看，肥白，又伶俐，家中人大半溺爱我，一个外貌常常取得好处，并不假。所以二哥总服从我的命令，跟我一同玩。我们摘数冬青树一种紫子，为赌东道常常罚吃一种形似水仙花的苦草，这滋味我尝得不少。夏天那看门老邵的侄子会给我们捉知了玩，秋天爬上那一棵直立两丈高光杆的梧桐，坐在顶上叉枝上吃桐子；我们学习会爬光树，极迅速。

这类事我们玩到不疲倦，无人管我们。但我们不出门，也学不会行坏。有一次我爬上竹林摸下两只下雨时候啼唤的雏鸟，每天亲口喂它，等它会飞时我实在不忍再关住它，但一放走了又成天追，终追不还这小小遁走了的小灵物，我因此伤心过。这个懊悔的习惯以后遇到极多，连累到心绪好久不佳，是件极不值得存留的习性。

当我是婴孩的时候一位老牧师为我施洗。我知道父亲一定私心切望我能继承他的职志。谁知道这十年浸于浓厚宗教色彩内的生活，竟不能使我树立一个最贞坚的信念。然而在情绪上我不少受了宗教的熏染，我爱自由平等与博爱，诚实与正直，这些好德性的养成，多少是宗教的影响。以至我如何喜爱文学，这个所受于幼时的力量极大，我怎样能省略不说呢？

我记得所学习的第一首赞美诗是一首极简单容易上口的孩童歌：

耶稣爱我我真知，

因为圣经告诉我……

这个初初侵入婴孩的小心灵里的，是纯洁博大无比的仁爱，到现在当我再一次听到小孩歌唱时，一种温柔的心使我回到从前的童年，满身舒快，平和无杂念，我会闭目静思过去黄金光彩的一瞬，终至受感动而流泪。这首小小粗淡的圣诗仿佛是天堂里的声音，我不能忘记，也不敢轻易提到，这里的用心你们当可猜到的。

"小莫小于沙粒"是一首曲调最谐美的诗，它的印象虽不若前首深刻,但我小小的灵魂如何幸福的荡漾于美妙的境地,这首诗最初教诉我声乐的美。

每个礼拜天,我们听见四根杆子大钟摇响,即时欢欣起来,换了干净衣服去了。在那儿有主日课专对孩童讲述圣经上的故事,这些含有喻义的故事,促成我对于文学的爱好。而且那两小时静默无哗的礼拜,那庄严的仪式,让我们一刻间感觉灵魂的清涤,恍如入于神圣境界。故此礼拜堂神圣的静穆,我父的教训与他的榜样,以及四周接近来往的人的私善守正,造成我倾向善良的心。直到成年后,我还时常提心戒备于为恶,这个幼年善良的环境种下我们的根苗。

一切人的善良,养成我的善良,这是错误而非正确的。宗教要人善良,高超,和平,博爱,一加入人意即成了形式,破坏了真。这个欺骗人的假善良,于我有益,终是背叛了宗教上的信实。过后我察觉许多假冒为善的教士,为着拯救自己的饥饿高声宣扬拯救灵魂的福音。外貌上的好人啊!你们的灵魂是一样与恶人同下地狱。

聪明的读者,这是我后来的察觉,在当时我只崇拜纯洁神圣,梦想自己将形成最高尚的人格,效仿耶稣基督。天堂是我的希望,黄金的柱栋,宝石雕砌的美屋,永远的光,愉快没有终结。我幻想这个天堂世界,鼓励我向上守正,一种不容抹杀的大力。

因此我又深信地狱的存在,每每因为怕惧不敢做错事,实不免存了功利观念。这个地狱的惩罚应推宗教上最不得当的拟设,多少怕后患的胆小人,强迫的违了心愿行善,"报应"是他们等待中的酬赏。

迷惑于宗教的解释中,我在四岁时和二哥一同进了邻近某女校的幼稚园,这也是教会办的。那个躺在门房的老头,终年百病,我们跟从别人一定要给他一个尊敬的称呼才得过去,但以后他死了,我问人他死的原因,知道是为年纪的"老"。

这一段日子过得极模糊,此时我的小妹子余妍降生了。这位小妹没有因为她是第六个女儿而失位,只是命运断送了她,她的伤心的一生容以后详说吧!

过一年我和二哥转学到四根杆子礼拜堂附设的小学,有人问我们在哪里读书,我们大家提高嗓子说:四根杆子的"育才大学"。先生教诉我们地球是圆的,又说世界的创造乃由于万有主宰的上帝,这是定论,不许证明的。

每天上学,厨子的儿子小许总来陪送,为我们背书包,雨天背我们,他认为责任,甘心情愿,因他年纪也略长。母亲给我俩一个铜元,作一日零用,我们可以足足买饱一些点心吃。但这个当跟班职务又是亲爱的小同学,有一天忽然走到了厄运,这次极惨的悲剧至今不能忘掉,我为哀悼一个忠仆与爱友在此提及。

每次放了学全校整队而出,沿一条浅沟走,有些家境稍好的同学常常欺负小许,这一不看见,把小许推跌在浅沟内,破了额头,谁料到这小小的伤害竟因不小心医治而丧命。从此再没有人来陪送我们,十多年后再走过这条没有水流的小浅沟,使我不能不想起一幕小小的悲剧。

这个好游伴死后我们在花园里和园夫老丁的女儿做了朋友,常去弄花,找无花果吃;同时有几个神学生和我们相好,其中一个是我后来的姊丈。

在这段开始于入学以后的时期,我极安分又快乐,守安息日,礼拜祷告,不敢说谎话,怕父亲是先知会猜透的。但是第一件恶事来引诱我的,是我对于街上的骂人极感兴趣,那样有气力!有一天我和二哥坐在地板上玩钱,我忽然想到要骂一句人玩玩,我们并没有生气,用游戏的口吻说出了。父亲大为震怒,亦极诧异,他告我们这是不应学的,但我们始终不明白为何不能模仿人说一个术语。

这时候家中很有秩序,清洁。晨晚有祈祷读经,每月请神学生茶谈。父亲那时用尽心力编辑神学杂志,这杂志是在教会内享有盛名的,于是他每晚极迟的睡,因失眠而得了严重的肝病几至于死。母亲于此时显出她的才能,一个月不离床侧服侍,下又得照管八个孩子,她的管理家务极有条理,从父亲危病的得救后,她所经营的金钱反比平日多出了积蓄。因此后来一家的经济,全由她掌管。母亲做事迅速,能耐劳,因她健强的体力和才能足以撑持了这一家人口繁多收入不丰的家庭。

我父亲在此时学习希伯来文拉丁文,从事于宗教历史的翻译,他留在教会的不但是著名的作品,且是实践热心传教者的精神。他喜欢旅行,在年壮时一年总有好几次的长途旅行,而在本地则领导全城教务,创办青年会。每礼拜他往往到各处讲道,他的道理与演述的精神为一时代有名的牧者,又努力于个人间的传道及书信谈道,一时因他引导入教的很多,我说一大半应归功于他的热诚与精神。

我母亲同时担任了孤儿院的事,自然许多零丁的孤儿得了很多恩惠。除此事外,我母从未做了家外服务任何的事业,那是许多待哺的儿群累了她的终身。

如此融和的家庭，善良的父，精明的母亲，应当极其欢乐了。但我一回想那光景仍然有若干悲苦的故事出入我的脑子，这些我不能不说。

我以下的弟妹及二哥大哥，皆以年龄幼小享到幸福，不明清人事，不知忧虑，误以无知为自己的快乐。而在我们上面的姊姊们，却着实尝到了辛苦，因为家境一向贫寒，我父的俸金极少，姊姊们不得不于读书之余帮理家事，大姊天生秀色，娇养惯成一细腻的小姐，受溺爱而独享优越的地位，远在苏州读书直到大学程度才止。故此许多烦杂的家事全赖其外三个阿姊助理，她们白天去上学，黄昏回来时做事，生活上的磨练却好好给她们一副强壮身体，致后来都能独立过生。

四姊人生得娇小聪明，除了常常闯小祸以外，总不惹人讨厌。三姊有个忠厚的心与身体，极能耐苦，我们兄弟几人都由她抱大。最不同性格的要推二姊，她的固执与耿直较他人甚，天生一个独立不群的性格，孤僻沉静。因受托遭学校革除，如此终了她一生求学的时期，十七岁出外教书，养成独立生活的性格，早已透出她的浪漫色彩。她不事奉承，直率无饰，与家人不大融和。有一次为了小小的诬枉，她有一次逃亡的事件。我在写此情节，不想对她有所责难，因这件事完全为家人间的误会，十五年后的海外远游，才证实了她爱家的好心。但这次逃亡多少给父母以难堪，我们也大大惊惶，幸好这事在次早发现后，并未声张。不久她也回来了，感情中的裂痕经过很久才恢复。至今我感觉年青时的血气，不免出此行动，并不为她的坏事。

然而我永久敬佩她的有为，女子惊人的魄力，十七岁后开始自食其力，就凭未满中学的程度生活，未尝需要家中半文钱用。看护，教习，缝工，只要能支持她的生活，她毫无畏惧去行别人难行的事。她一直坚守难熬的独身，到此中年，而一切生活的磨折永不使她灰心，孜孜不忘于她天性所好的音乐，二十年来她所唯一解愁的是弹琴，我料想她未来的成就，远非其他姊姊所可比，于此祝福她罢！

最不幸最不幸轮到我的五姊了，二哥和我隔年出生，不能有间空照养她，五岁不能行走，以是瘫病，等她学会行走时又患了终身不治的夜遗病。无论用威迫或劝说都不能使她有一夜干燥的被窝睡，这个病症大约由于襁褓时无人留心的缘故。身体上的缺陷陷了她一生的悲苦，多少人间的幸福不能享受，即是份内亲肉间的乐趣也完全被剥夺。天啊！我实不敢下笔描写这可怜人遭受的不幸，但为纪念她，又不得不用心力追述这可怕的事迹。我内心有深刻的创痛，这个我曾经欺负曾经轻视而是扶助我和弟妹长大的小母亲，一生敬劳无获半点好益处，她的天地永远是黑暗潮湿，不可诉说的困苦，我感谢上天不亏待人，在她受尽苦难的时期让她离开世界，她一定才始见到光明与自由。如若真有天堂，我准信她一定升天了。

可怜她生来的相貌就完全与我们不同，我几乎疑惑她不是我们同胞的姊，许多客人也不相信她与我们出自一个母亲。她有一个尖峭的下巴，晦色的眼，深灰的头发，完全和我们不像，然而她的血啊谁能说不与我们一样？全家人不喜欢她，她的待遇最坏，睡在最不好的楼梯下，与仆役同餐。没有机会给她念书，她一生的职份是做事，受差遣。慈和的颜色，温柔的话，她永生没有享受过，她只自愿躲避人，把自己看成一家最低微的。不说多话，安分无语的做事。我不明白她是被环境造成她的自卑，还是自愿？不，这个天生的大缺陷使她没有勇气抬起头来望太阳，这个习惯性的屈服埋没了她一生的灿烂。在此我唯十分怨怪命运，愤恨上帝造人的不公。

从她小小年纪能以用手足做事的时候她就被驱使了，没有人肯承当的事，由她来做；人人得有的欢乐，她没有；她唯耐劳不怨在工作上留心，躲避责难与鞭打，如此忠心亦不能得到报偿，她只好不得已知足于此困苦，只求不挨责骂为大幸了。

黑早她不敢多贪睡，就从潮湿的被洞里起身，早上的杂事她得做好，为小弟妹穿衣，三餐饭她最忙，下半天又要摇小弟妹睡觉。她有一首唱熟了催眠的老调子：

"窝窝囡，好好囡；
快点囡着哩！"

我永远不会忘掉这个沉痛的声音，既是那样温和，但又不能遮蔽那含在内心急燥与悲惨的盘桓。常常当我在黄昏尚未上灯以前放学回家，她总是靠近摇篮一手推一边唱的，那光线已够萧条了，何况这个仅仅粗浅的歌调是用以发泄她最不能容忍的痛苦的唯一声音；小弟妹在如此催眠中走进天堂，留下她，看太阳下去了。

天下为父母的啊，请一听我背诵的摇篮歌，你们当知爱惜自己的骨肉了。凡有好良心的善人，听此必生深感。我自是世

间不孝的人子，但对此极惨的事，虽不忍说，亦不敢认是可以隐瞒的。

她不能不说是世界最容忍最孝道的女子了，工作的重苦，不听见她有半句怨语，对此容忍精神，谁不为这可怜人起一点怜悯而又尊敬她的意志？虽则不良的境遇不免使她暗里做些小坏事，如偷窃东西，但这个决不是她的罪，没有好教育与没有怜惜，难保一个善良人不做下与良心相违的过失。

我不想暴露家庭中的丑恶，因我对家有好感情，况这不完全是人的错，命运是无可抵抗的。在此我暂时停止写这件惨事，到以后再说她的结局罢！

下面我追写一件与前恰好相反的事，也许可以使你们得着美感。在我以下接着是一位小妹余妍，天生就好看，大家爱。许多人夸张她将来的大成，父母没有比对她再溺爱的。可是她有坏脾气，夜夜哭闹，极妨害我父的工作。会走路时已能背诵三册国文，她的聪明不必我用文字夸张，这个说谎于我也无益。这个太聪明的女孩子不使人赞美，只给人惊异，小年纪时候就会唱歌，而尤笃信耶稣。常常因我们的欺负，说："你们不好，耶稣在天上知道。"她受许多人夸张从不自傲，谦让像成人，没有平常孩子的习性。那张秀丽的小脸，我一直记得清楚，严肃中有无限的神光。我并不过火以成人的好德性赞扬她：读书知礼。她的宗教热诚超过了她的年纪，晨晚不忘祈祷，更博父亲的欢心了。

上帝不肯把纯洁染上了世俗的尘污，她神圣的灵魂只露了一道不可忘记不会磨灭的光彩，我庆欣她贞白的永全，让我细细告诉你们小天使归天的经过，你们也许疑我有意假构神话上的传述。

邻居的外国教士好意的把一条迷失后又追回的洋狗送给我们，这份事由我和二哥担任，大哥已经沉醉在自行车里面了。我们每天喂它，它也和我们亲密。原先养过猫，一夜失踪后两个小人有很感动的悲伤。这一回我们把爱心移在洋狗上，这是余妍丧身的祸端。

不知道怎样小狗不久变疯了，咬断了皮带跑走。当初并不经心，我和二哥走在斜坡上去，不提防它竟从旁跳出来咬我们，一切的呼救无效，幸好咬碎了长衫走开，大哥看见追来，却着实给它咬伤了小腿，但他不敢告诉母亲。这日是礼拜天，小妹穿好连裙的洋服正下石阶，那条疯狗向她绕三匝拖倒咬了头，同日有三个神学生也遭殃。于是这件小惨案各人都担心起来，父亲于事出三日后从外埠赶回，当夜率领受伤的人到上海求医。

三十天后大哥和小妹受了七十针的大苦痛回来，大家庆欣，当晚举行盛餐。次日小妹略感不适，我们毫不为意，我在她病中尚且和她吵闹，以后实在懊伤之极。几天后，我母亲在清晨问她昨夜可有梦，她坐起来认真的说，昨夜耶稣召我去，给我糖果，要我长久住在那儿。她并描摹耶稣的样子，众天使的神态。这不吉利的预兆到后真实现，母亲在讲到这件故事时总是流泪。

一夕，我上楼去，她忽然从床上变色跳起来，我非凡惊吓跑下，一家人丢了晚饭上楼，她从这夜疯了。医生和外国女婆子都赶到，她极不愿意用单被将她包牢。此夜后热度增高，舌破，小生命在旦夕间就要沉落了。

一家人担忧，试验各项药方都没有效果，看看一双聪明可爱的眼睛不久就要闭上，每个人暗暗伤心。但她有时神志尚清，我父亲看她无望了，问她哪天回家。她决断的说："礼拜六！""你乘什么回家呢？"她指着一个小车轮："一个小轮盘。"刻留在她墓碑上，她临终的遗言外，一个奇怪的车轮。

我们等待这个可怕的礼拜天，耶稣将要召回余妍的灵魂。母亲流泪了："啊！一个太聪明降凡的小天使！"一切人都哭，除了我们小孩子，我们整日不作声在楼下呆坐，小小良心上生出许多恐惧；"她会不会因为那一次争吵报仇我？"我问。二哥说她是好人，当不记恨的。然而我心里终有去不掉的内疚，我很想上楼去赔罪，大人不许。

可怕的礼拜六过了半天，大家等候预言的实现，我父亲于诚恳的祈祷上天以外，四出谋药。但上帝的意志终不可改，等到所求访的土药紫木根找到以后，这已成为一件不重要的药草了。

我们听到楼上有多时的沉默，这个纯洁的小生命升天了。在那以前一段可以记载的事写在下面。

医生告诉家人一刻间气息即将终了，大家并不惊惶这个早有预言的命运，只是伤心。她于临终时极安详极愉快，肉体上的苦痛全无知觉了，那小小的脑子最后得着圣灵的接引，平安上天。

父亲深深忧愁，祷告上天给她平安的引渡。在离死不久前，那张慈祥喜光的脸忽然变色：

"怕啊！魔鬼来了！"

我父亲用手按她的额头，祝福她。

果然她的眼光仿佛在欢迎天使，喜快与希望重又闪亮她的瞳子，先前的恐怖立即退去，又是安详，欢喜。

"没得福！"她又低低的说。

"幸福在天上，平平安安的回家罢！"父亲回答。

"耶稣来了——天堂！"这是她最后的一句话，极清晰的说，好像真走入了天堂与耶稣握手一样的真切，表示她一生希望圆满的达到。

就这样留在人间一副喜快慈祥的小圆脸，美丽又神圣，天使的化身。她的一双小眼睛自然合上，依然是笑容散在苍白的两颊上。去了，小天使！

我们得于她安顿好以后上楼揭开面幕观光她最后的仪容，静默的睡着了。我只此次为一死了的人流泪，各人重重的忧伤不是我可形容的。

翌日礼拜天，城内教堂的钟敲歇以后，天落雪，余妍被装进在一口外国棺材内，一册圣经，玩偶，我的一件背心，及其他一些平日喜爱的东西一齐带了去。四个神学生提了棺木上马车，两个教士，一个洋婆和父亲，送葬在清凉山墓地。

我们一团人围了火炉默默看天空飞的雪，一直到黄昏，没有一人想出说一句话。

余妍的死，在民国七年冬至前四日，才五岁。

对于她的回想，我最感到神灵的趣味。二十年来，知道世间各样黑暗欺诈阴险与污浊，唯存此唯一想像上纯洁如神明的完全，许是以后不可复得了。纯洁，不在人的多大作为，只要其为"完全的美"，尽单纯也是无可比况的伟大。感谢上帝保全这个美的圆光，生命的延长最是伤心，没有人能支持住天赋的真纯。

只要诚信，凡人皆能得到理想中的境界，这好处受用不尽。但一顾及实事，这些趣味渐渐消磨，而只能享乐有限的现世。余妍，从她出生以至夭亡,她的幻想尽是天堂,算是她最幸福的事了。

写在此,我已七岁。育才大学三年满期,我们转到干河沿金陵小学,母亲为我们制了黄制服,每日清晨翻过五台山去上课,放学总爱在山上玩。山路上一栋小洋楼里住了一位外国小姐,姊姊和她有些交情,大家说这位小姐与我脸貌像,她们一提到她的名字就引我脸烧,成为姊姊们和我取笑的资料。我们每晚经过她门前,在篱外停步喊她:

"Miss·King!"

一喊完等她出来我们溜跑了,她的面貌我至今记不清,只是她的名字,念得熟极了。

民国八年五四运动发生,我看见成万的大学生中学生小学生在操场上排好队,拿了大小旗子往街上跑,喊,也有哭的,确是一种悲伤掀动万众人的热血,那是热天!全城发狂,年青的学生的血管仿佛都要爆裂,光明是血,洗雪日本人对我的耻辱。各色各样日本用品敲烂了挂在各家门口,这群破烂的陈列中,显示中华人不死的精灵。

父亲同时越出他的地位,也代表宗教团体参加,为激烈的一个。省衙门前的演说,领导基督徒从事爱国运动,他流了多少汗,壮年人!

紧张的空气不久又归平息了。季候转变了人的情绪。南京这地方秋天是最凄凉了。回家的路上有一行古老的杨柳,一到秋只见尘灰飞,没有一点青。

年纪大了一点,我们认识了好些大朋友。神学生中有两三个常来我家谈天的,那后来的姊夫是最熟悉最亲近的一人,他哥托我父照管他,他是广东人,说得一口纯熟的宁波话,在我家里好似家人,随随便便,谈鬼怪直到夜深,我们小孩子又喜欢又怕;他的面貌黄里发青,多病的人,然而时时露一张笑脸。这个夜夜谈鬼怪故事的小事为十年后娶我姊姊的引子。第二个是福建人,说话诙谐,会唱京调,后来做了官,拜我父亲为干爹。还有一些会玩手琴的湖北人,牵连到一个学医的大学生,这人做了二姊的未婚夫,为人和善,可惜这项姻缘半途解除了。

这时候四姊有了一个小情人,她到今只有两个情人,都很不幸,这位初恋的情人是附近教会中学的学生,大哥做了一渡桥,他们是同学。他有一张可爱的小口,嫩白的脸,有钱,人生得玲珑如女子,常常送姊粉一类的东西,我们也得着玩品。但后来他爱了父亲仇人的女儿,生出种种误会,四姊把一个金手表退还了他,从此再不看见他,过后死了。

有一个海军学堂的学生费腾常常来,他的意思想爱大姊,大姊怕羞总不肯下楼,后来也熟了,她常常煮咖啡给他一个喝,我们因此生气。但这个勇猛的海军学员,在爱情上过于冒险,大概因为他急于要成婚,大姊把一双不愿脱下的皮鞋(是他送的),退返了他,这段故事也完了。

此类不关重要,他人的情史,我不该多说,小孩子在幼年是只爱父母,不知道男女间事。我们爱父亲比母亲更甚,父亲严厉,我们怕他的尖鹰准,凹下很深的眼睛,他的心却温柔可爱从不曾打过我们,然而畏惧他比打更厉害。我最不忘掉抱坐在父亲弹动的膝盖上摸他胡子的乐趣,他教我们字,讲耶稣的好行为。母亲取代了严父的地位,执行刑罚,但她平时温存的照养便较父亲内心的善良更容易感激。父母同样在性格上极其急躁,母亲稍能容忍,父亲年壮的血气太旺,不可遏止。这些性格直接遗传到我,是父亲于我成年时唯一训诫我改掉的脾气。

耶稣圣诞是一年中最愉快的时节,圣诞老人半夜里给我们许多礼物放在床头上的袜筒里,天亮时一看到满心喜快。那座点满小蜡烛的圣诞树,那些温柔的喉咙唱"听啊天使唱高声"的仙乐,即在我小小心里一个快乐世界的幻景。我们一看见桐子落了,老鸦穿过竹林子飞,成群的雁子在月光下叫,我们就开始等待这项快乐的消息。

乐园的八年生活将于此告终。我父亲此际遭受仇人的攻击,许多从前的朋友对他说"先生,你该歇歇了罢!"父亲的刚直善良受了挫折,那个仇人乃是他亲手提拔出来的学生,造房子掘地见缸希望发现藏金的呆子,是他,把许多罪名凭空加在父亲的名字下,许多聪明的教士相信了。你们可以知道了以"彼此相爱",以"爱仇人"的耶稣金言为你号召的教人,仍然与普通社会一样有阴谋陷害的恶事。这就是告诉人当你们用一双张开的眼看见一个诚恳做祈祷的牧师偷偷张开一张细眼在望别人有没有闭好眼睛时,不要奇怪!

我不再怨恨仇人如何设计赶走我父亲,我们最难舍的是一座好花园,古的松树,爬光了的长梧桐,搭成棚的葡萄树,冬青树的小草坪,斜坡上洋楼前两个可以平躺数星子的石凳,春天结果的桃树,开花的杏,还有那些行永远迷人的藤萝勾引我们离别的眼。去了,将不复听见每晨入城的小独轮车磨擦的怪调,卖糖换旧货的短笛,傍晚时后山上的号声,(这个声音天天听到,从没有见过吹号的人,是更神秘!)让它们深深刻在心上罢。

如此一晨,一家人离别久居十三年的南京,无人来送,仅有那个忠诚的老仆老邵为我们开门。他没有白做了好人,清早起来所点的几盏大洋灯,在上马车的时候送他了。

我们被带领到上海,初次见到的新地,只是嘈杂肮脏,夜里的电灯光遮没了我爱看的星子,那些幽雅的乡气哪里去了?新居靠近一家大印刷厂,成天成夜大声闹,没有一天清静过。这就是大都市的精神,煤气与闹声。

和二哥一同进了圣保罗小学,这一回他插了比我低的班次。校长是圣公会的主教,不久给另一主教害死,换了一年青人。在此两年中是足可记,我在高级小学一年级考得了第一名,是当时最夸耀的事。

开始和一般无须认识的亲戚来往,我连称呼都不大肯。叔父总是一个好人,饮点酒吸些烟不是他的坏处,他受了子女的累,一个不孝道与他妻子勾通的大儿子气断了他的命。送他葬的时候我不知道哭,大姊坐在洋车上擦红了睛眼。

我的直系血亲只余叔叔一家,除了时常借钱以外,少来往。其余要算舅舅最多,一个当牧师的吝啬鬼,我最不爱看。

我们的邻居有一家西洋人,大约是混杂种,那个慈祥的老洋婆时常送点野味来,为父亲下酒菜,在南京时,父亲吃酒不大公开,到了上海寻拣真好的绍兴黄酒。西洋女人有个青脸的儿子,带一个女人进出,我们到他家去,他从不说过一句话。有一个三十多岁的女儿叫马利加的,在她在日本当佣妇时私生下一个女儿,这小女孩子是我们的好朋友,小弟弟乱喊她的名字叫阿伯丽。

阿伯丽天天来玩,她算是马利加的妹子。(她出生的秘密是她家佣人说出的,不待我们问,自然留不住口)这一家人与我们极好,我们喊那老洋婆"妈妈"。

这时期三姊和我们通信,她用最温柔的话引诱我们回到南京她教书的学堂念书,父亲也赞成她的主张。

次年,民国八年之春,我和二哥一同跟了三姊到南京。上海二年的生活最不称意,打弹子和摸蟹我都不大欢喜。在圣保罗小学上课时候,坐在我旁座的是一最会发笑的红脸,互相一对眼就笑不可止,我难忍受如此事。听说南京要进的学校附设在一个大学堂,我们极盼望去。

黑早离家,父亲在我们将上车的一刻前,召了全家人祈祷祝福,冗长的祷词里不少诚恳,但是这个每次于出行前不可缺少的宗教仪式,祝福平安与训勉的叮嘱,总未免有点凄凉,而况又当天光未亮之前。

母亲私下给我们一些钱教我们好好的。

我九岁离家,十一年的教育几乎全与三姊在一起。对此初次的别离,在我童心上并无忧伤。

果然入了一处极大极大容易迷路的学堂,小学附设在师范大学内,是一座古庙。姊姊在此教音乐,我们太便宜插到高一班,但一月后退下来,二哥更不幸住在初级。女教师对我们客气,我们见面时大喊:"老师,早!"我睡在姊姊房里,二哥欢喜在外面捉虫踢毽子,我虽不用功,很少出去。

二哥天资略差,又爱玩,因此我的沉默与聪慧得了姊的偏爱。我常常一个人闷在房间里,不说话,也不做事。我不明白那时候为何有如此脾气。记得有一次偷自出校给教员发觉，我似乎受冤枉似的咬床木想自尽，但除此事外我安安分分毕业，一切教员皆夸奖我，这个偶然的幸运。

二哥读了一学期留沪不来了。

小学的末一年，级任先生溺爱我，每礼拜领我出去玩，买东西送我，他给我不公平的好分数，让我得非我所应得优良的赞誉。我年纪最小，不顶笨，他就如此爱我。我终日伴了他，心里喜欢他，只怕一件事，他的短短硬须的嘴常常喜欢亲我的脸，并非羞耻，我实在不爱这举动，因我只感小痛苦。这样在我性格上养成一种习惯，以后我永远不肯屈就任何男子的爱情，为提防男人爱我，错绝了许多朋友。

然而这可敬的先生，给了我许多益处，因他的鼓励我不敢退居人后，这层我不好不感激的。

民国十年冬天，三姊忽然回沪，回来时并不告我此行的内容，这乃是我前面所提到不幸的五姊悲惨的结局了。

她已是一个十四岁正在发育的女孩，实际工作的繁重几已超过成人所能为，暗疾依然不愈，而两个幼小的弟妹相继出生，她毫无乐趣但亦不抱怨屈服在命运下劳苦，都市所引诱她的坏事她渐渐不自惭愧地做了。偷窃，隐匿，说谎在使她于人家不知道中暗暗用极害怕的心求苟且，非如此她连暗中作乐也不可能，也不取。

于是她渐渐和我们越离越远，倒反甘心自处在最卑微的地位上；行为的不端，对她更苛责。每每全家出去赴宴或游玩，没有一回她有机会一同去，她能在没有人在家时略尝自由与自己心愿

的事，寂寞是她久久过惯了的。她有什么理由抱怨呢？

究竟那项不是她年纪所可及的劳苦压制她身体的发育，没有好好教育与好境遇只使她变坏，连自己也不知道。历年来无休息的过劳，心际中抑制住的忧郁，正好脑膜炎的细菌中伤了她，就这样她凭什么不睡下，不永远的休息？

最后一天她躺在凉台上，她应当是愉快而舒畅的，有那一回白天里她望着太阳睡睡？这是最先一次也是最末一次。隔壁那慈祥的"妈妈"从凉台的木栅缝里递过一盘点心时，她只摇头，不响。

这就是她一生的命运。

母亲叹息失掉一支帮手，这个又能做又听话的女孩，可惜的是她有用的气力。父亲告诉我们她实在没有福气，正在打算给她好好念书的日子，早一步死了。

五姊的死，家里人瞒我们不说。冬天回家，我在楼上楼下找她喊她，没有答应。母亲默默坐着，当她悲伤的眼色告诉我她不在了，我那骤然的惊伤实在流不出一滴泪，那光景太惨太惨了。

在此一同祝福她归天的灵魂，我想像她死后的自由快乐，事后也不十分哀悼，身体的灭亡换到灵魂的再生，凭什么不该赞美？

事情写到第二年夏天，我算完结了第一期生活的记载；脱离小学，走入一群比较活动比较炫目的世界，颜色与声音，全样改了。

这就是我十载的童年生活，纯洁愉快善良的日子，在我心灵上行为上从没有犯一件罪，可纪念的完全透明的一段。我看家里如天堂，没有一个人不好。宗教的洗礼中幸好没有忘掉自己，我学到诚实。我安安分分做孩子，沉默，守规矩。

青，又嫩又新鲜，我不忍多多回忆黄金灿烂的一段，在这一段落后我只能低低的唱：

> 我愿意做一支青草，
> 露珠是我的天堂！……

二十年二月十八夜成，南京小营。

原载1931年12月《文艺月刊》第2卷第11、12期合刊

论朋友

很有人不承认在不同性的人们间,能有任何朋友这意义的存在,他们以为不同性间只有爱,显明或不显明的程度上差别而已。我们通常人却会立出"年岁,阶级,辈分"等身份关系,主张在相悬有别的关系上,人可以避免"爱"而有所谓朋友的情感,然而更有若干敏感过度的人,从心理学上立说,以为凡一切不同性的人不论有何"社会的或血统的悬隔",总只能发生爱而不是属于朋友的情感,不过时时被掩饰在一形式中罢了。这种耸人听闻的解说,简直把朋友这德性摈斥于任何不同性的人们之关系以外,而将朋友这意义更形狭小。

我们姑且就接受上说的狭义的朋友界说,以为在内涵上朋友限于同性的。但我们也有理由伸张朋友的外延范围,就是朋友不仅是同类的人,尽可以包延其他的事物。有许多不屑与人为伍的清高之士(如林和靖),他们和人类绝缘而代之以动物植物,将感情迁向于所爱好的物事上,我们很可承认他是以物事为朋友的。从许多遗留的诗文上,很可以见到人类对于"物"的拟人的描写,以及寄托情感于物上,这在清高之士以及习于清静寂寞不染世尘之人,为更甚。我们试揣源于中国两大思想之影响所及,即可更了然它不是没根由的。道家(如庄周)推衍世间的无差别而归论于"万物为一"，这是何等爽快的祛除了物我间的有别；另一流以性善为起点的儒家，推崇爱以至于物，故至有宋理学家如程明道者，则以"仁者浑然与物同体"了。

因此之故，道德上规定对于有生命物的保护，这种对物的悲愍之心进而为佛家极端的好生不杀。在儒家，孔门曾子特举"交朋友"为三省之一，此可见敬重友谊的自古已然。于是历史的故事又告诉我们许多肯为朋友牺牲的英雄气节，以及数不清厚待故人的高谊，成为伦理主要的德性之一。然而人类不是这简单的，"友谊"在人性中如他种欲念一样，若有一种近似"兽性的回返"的遗传性。《旧约圣经》的《创始记》记载第一代儿子该隐杀兄弟的故事，以及中国上古象谋杀舜的传说，皆明示骨肉情谊的不可持，更何况于常人。因此刎颈之交而外，朋友间的怀恶互毁以至相见以匕首，更是数见不鲜，这正是人性的"回复兽性"——也可说是野蛮的本色之重现。这两种情形至今犹然，故有江湖间义兄义弟的盟誓于天地神鬼之前，为朋友义气而流血的；也有踰于骨肉之亲的生死交，一旦反目成仇敌，不但以匕首相见，更连累了万千毫不相干的生命，大动于戈以扰乱天下。

尽管如此，但对于"要有朋友"这念头还是人人有，就是孩子也想有比武的对手，不论阶级身份会去和邻儿厮混的。古代战国时有四公子的好客下士，魏晋清谈之风滥觞为后来结社论学，此以下而文人学士相为唱，由唱和同游再变为思想结党，于是至今而无朋友不可以谋生。由此朋党而排斥，而攻击，而争杀，于是友道者复回复了原性兽性，故所谓"狐群""狗党"的互相攻讦，正是以代表这类兽性友道的特色。不但如此，即单个人与单

个人的友道，也往往难乎有；为一小小利害至于构祸陷害，则成为所称为朋友的惯技，使人人不以为奇，同口一声说"朋友是靠不住的！"了。

通行于有闲士大夫，是以议论朋友为风尚，更务为刻薄尖利以自诩聪明。青年人则持一种最奇诞的谬见，以为思想的冲突和爱情的冲突使朋友关系中断，这简直使朋友这内涵意义自狭小变为无有。那末我们何用向人笑，向人敬烟泡茶号为知己的种种表示？若内心没会一点朋友之义，那末这些似乎像朋友样子的接待只是恶意，爽性免了罢。不能免而故作，这成为文明人的罪恶——称为"虚伪"的，也许就是"兽性的返真"。

我们一定不能容许这类恶性的长存，这对人类生活的增加痛苦不只在皮肉，更是入于心灵的残害，它阻止个人幸福，消毁了人性中唯一因生存而不可缺少的互助，并且否认了人类最高尚的组成完全人格的道义——成为"大我"的根基。我们在日常交往中经验太多这等的苦楚，而且因这失望于朋友信义更易引起对于人类世界种种理想的打击。从此文学的领域内也不见有兄弟，而友道被视为陈旧迂腐之谈。我们不能不提醒，人在本性上是要有朋友的，而朋友关系的成立必须要真诚，我们试问如何是朋友？

在此我先引《庄子·徐无鬼》篇一句话"逃空虚为闻人足音跫然而喜"，很可藉此想像人对于朋友的一种单纯心向。每个人在一个时候，往往自觉在空虚之境，无所倚靠，只闻空谷中有一声跫然的足声，也会欣然而喜；正如我们在陌生地方偶尔听到乡音忽然有所得似的喜快。但人之求于朋友者，有时仅仅足声就满足的，倒并不一定要人足。林和靖之于梅鹤，乃是足声而已。

二年前有个久患肺病的孩子，时常写信给我，诉说若干苦痛和寂寞，他是住在一个极古老的小城里，孤独过日子的。后不久他又假托一个十一岁的小女孩，写信求与我交友，我在鼓中同他们写了半年的长信，这孩子一礼拜两封信来，其中一封是他煞费苦心的伪作。等我知道真情以后，我并不责怪他，一个无人相谈的常病人，他实在有理由去取得双份的友情。

人之有需于朋友，真是一种渴望，然而这渴望并不大，很小很易得的一点：就好像空谷闻人足声，他希望有所"依附"，希望被"接受"。依附与接受实可称为朋友间唯一的关系，而实际上依附什么接受什么又往往只是足声一类的东西。若一寂寞无伴深居在荒山间的人，或一天有劳苦的远行者来投宿，他一定欢然接纳，朋友之间的关系也是这样等待着的。一个人可为依附的渴望交友，亦可为接受的渴望交友；却不限于荒山遇人，凡一切类似这情景的邂逅都能成就为朋友。解说朋友间的授受仅止于足声，是因为我们对多年的故友往往只是无言，无言中感情的存在最纯洁最大。人看见自己的亲人常常是无话可说的，但面色间有亲切，言语反成累赘，至于因利害的协定成立为朋友的（如今的朋友大都如此），只是事业的或商业的伙伴关系，其间没有朋友精神。虽然在利益上互惠，那不是不要报偿的施与。

我们既已明了朋友关系只是依附与接受的谐和，这种谐和可说是微妙的，它既排斥利害之掺杂，更不是因身体或外物的授受间所引起的感情（如像说好感）。朋友的真意义，仅在彼此微妙的谐和，而且绝对摈除第三物成为所以成朋友的媒介，此除朋友关系的发生不要由第三物为媒介，也不以第三物为朋友的产品，也不以第三物阻碍友谊。慷慨恩惠或其他好心的给与，不能称为友谊的真意义，因它不是友谊独特的征性；同理以感激而成的朋友，不是朋友。再次，朋友之构成不在于共同对于某一事物之同意不同意，所以若是朋友间有因爱情或思想信仰而起冲突时，不可以影响神圣的友谊。友谊是超乎这等纠葛而独立的。

人人意见的不能同一，乃是人间当然的悲剧，无可逃循的。然而在一点上（就是我所谓朋友的微妙关系），人可以忘掉这不同一的悲剧，朋友是促成这理想的。所以耶稣基督在二千年前说过一句意味最深的教训："要爱你们的仇敌。"人与人之成为仇敌，其间必定有彼此不同意的一个原因，就是成为冲突原因的第三物，如邻人互争一块地。最高人格的表现，乃是表现人格上最高一层接近于神性的一点光，朋友的真意义是属于那一点光。教人在最高层的契合，因而自然消除种种外物的冲突，我们得着了那点光就肯甘心放弃世间所争夺的了，我们依这样的心去接待仇敌，必定可得着真正的朋友，而使朋友不再会成仇敌。爱仇敌是朋友的真谛。

从以上四节，我们已将朋友的性质稍加以范围，根据朋友的微妙关系的存在，我们可以将最初性别及普通所称为阻碍友谊的原因完全删除，承认无论什么人都能与人成为朋友，即使是仇敌也好。因此我们引伸以上所论的朋友之义，实足以相当精神上的"爱"，如耶稣所说"彼此相爱"的爱，是义理的爱，不是血肉的。我们更可以引用《哥林多前书》十二章末节的话来说，爱是朋友间的基础，是最大的，望是望依附，信是相信能被接受。我们还可以说，人之需要朋友的渴望，人之对朋友的接纳的满足，人之消除人间的不同一性而信可感应，这些正同于人之爱上帝，仰望上帝，信上帝，我们可以因为与神灵的交通而忘去了我们与神间所不同的——我们人是有罪的，残缺不完全的，我们因此提升自己，溶化自己的人格在近于神的地位。因此在人的祈祷中，表现求依附的盼望和能蒙接受的信心，在人生诸端痛苦之中，人可以如空谷闻跫然而喜的，是人自己心中所闻见的足声。这就是得救的福音。

最后，此文的责任在辟除人性中"兽性的回返"一说。上列所说友谊的缔结以及反动的极端（相仇恨），我们只承认是善性的被抑制。先儒所争论的性善性恶，只是对于"性之先有善或先有恶"的争论，无论主张性善性恶，这两端总是同时并在的，争论之点惟何者先在而已。但是惟其有性恶，人才真认识善。在黑暗中求光，在痛苦中祈祷，在忿罪中求赦，人生是在悲剧中求圆满的。明儒罗洪先《龙场阳明祠记》中揭明王阳明觉悟良知于石棺之中乃是痛苦中的豁然自觉，有如天地在冬藏中受风霰的残败，枯槁极矣，及至春雷震惊，动荡宇宙者，实原于秋冬之风霰，故阳明困病于贵州西北万山丛棘中，乃能有良知的豁然自觉；人于认识宇宙之为一悲剧时，方始可了悟真切的人生大道，以此更可以证在仇敌中寻找朋友的真谛。

二十三年三月二十七夜大风雨，芜湖狮子山。

原载1934年5月24日《中央日报·文学周刊》第3期

诗的装饰和灵魂

关于论诗，是一件困难的事。现在的中国，新诗还不曾得有共同的解释。各人做各样的诗，漫无定律的。因此各人认自己的诗为诗，以自己对于诗的见解为诗的定义。从这主观的定论，使新诗在中国不能有一定的规律和确定的定义。而一般论诗的人，或者自己并不会做诗，不能深切的理解诗的意义，或者对于诗的要素有所偏颇。诗的要素，简要的可从其性质分为两种：一是外在的形式，就是韵律。因为诗是一种歌咏的美观的文学，要是合乐的整齐的。一是内在的精神，就是诗感。诗决不像平常做散文一样，是必须要从某种印象而激刺感情，自然的流露出来。往往论诗的人，偏持一方面的论据，或是侧重形式，或是侧重精神。但是人之为人，必须有人的灵魂和人的体形。一朵纸翦的花，虽然有花的香花的美而没有花的生气不是花。黄种人具有西洋流的一切风味，而不具西洋人的黄发碧睛，不是西洋人。所以诗也必须要有诗的形象和诗的灵魂。此方始是有生灵的诗，不仅是可以赏观，可以歌咏，并可以感动读者的心灵。这也可以说是与散文之分野。

现在一般自称所谓"革命文学"的人，要创造完全反于"旧"的所谓"新文学"。要其外形内义都是放任的，浪漫的，无规律的。于是构成一种不似文学的"所谓文学"。而这种负着"文学革命"使命的"革命"的"所谓文学"的所谓一诗，乃形成非诗的"所谓诗"。这般"新"的创造家，解放了诗的拘束，破坏了诗的精神，从这种没有规律的自由放任底下所产生的"所谓革命的新诗"是变为无次序的无音韵的杂乱的烦嚣的呼声。只是呼声或是句子而已。倘若不注明这是一首诗，我们会误认这排列的句子是口号或是标语。还有一般没守格律的人，以为诗以诗的形式为要件，只要有诗的形象就成诗；因此往往将散文用诗形写成了"诗"。再有相反于此者，即是不着重诗的形象，而专以诗的精灵为主要，只要有诗意就是诗，因此往往把诗写成散文。故前者可称之为"诗形的散文"，后者可称之为"散文的诗"，皆为畸形的诗。

　　以上三派，可以说是近来新诗的残缺的现象。但是这种极反的"革命的诗"，完全是必然的时代无用的反动，一切都脱离诗的疆域。诗形的散文与散文的诗，都是不能与散文的形式或是性格绝缘，成功诗与散文的"混杂模型"。我以为诗应当有他独具的精神，他的本身迥然和散文分开，那就是诗必须具有其独具之形象与灵魂。明了这就要使诗有其独具的要素，那便是诗形，诗韵，诗感。因为诗要在形式上，音调上，精神上，显示其特立的征象。所以诗应当是可以观赏的歌咏的思味的文学，而是以美术音乐和哲学表现出来的。

　　将诗写成整齐的美观的格式，是可以从这些整美的行列间，引发心理上的美感。自然的诗歌写入文字的圈围里，是必须要将感情拘束在一定的形式之下。而这些文字的里面，隐藏着这感情未曾完全显露足以思味的元素在。而且，诗的格律，尽可以放得很宽泛。是解放从前沿袭的一定不变的格式，而给与诗人一种自由创制美观的组织的权力，以适应他各种不同的需用。从这格律，经过许久的习练，生出自然的技巧。这因时间的累积的习练的技巧，可以很自然的表现诗的美骨，使感情不因此而稍受影响，并充分舒展诗人的天才。

将诗写成和谐的节奏的音韵，是可以从齐落的韵脚和调和的音声里，得到吟读上的爽感。因了这种音韵上的快感，间接的激发感情的影响。现在赏读的诗虽不一定配谱入唱，但也可以从其流畅的音浪和韵纽的配合中，寻取音乐上的趣味。然而古今来的音韵变迁得很多，我们所说的音韵，不是泥守向来一般沿袭的拘束，而是适应实在的自然节奏和韵纽。

诗是美的文学，我们要从行列间，声调上装饰美的色彩。但是诗的韵律，总求其自然。而这种自然的技巧，必须从继续的习练中，寻求惯熟的途经。因了经验，使感情不为韵律所困囚。诗的第一步成就，即此"随心所欲"的自然途径。要不如此，诗就容易失去了他活泼的生灵，而为一些雕刻琢磨的词句。所以格律只求美观的排列，韵纽只求自然的应合，声调只求节奏的调和。诗的韵律不但是形式上的美丽，还因此而帮助感情的击应。所以韵律就是"诗的装饰"，用美术和音乐的调配，便因美观的格式与和谐的音韵所生出的美感，衬托"诗的灵魂"。

韵律既是诗的装饰为做灵魂外现的形象，那末，诗的灵魂——就是诗的精神——应当较之外形的修饰更其切要。粗糙的灵魂而以精美的装饰所成的诗，与精美的灵魂而以粗糙的装饰所成的诗，是同一的为虚浮残缺的美。诗的灵魂乃是诗的生命，若然没有它，就如同金身的泥像。所以不朽的诗，不但具有完美的形象，更有其超乎一般的灵魂。这使诗变成有活气的生灵。所以诗感实是一首诗产生的酵素。没有诗兴，而用偷巧的散文的头脑所写出的"诗"，仅仅是做作的技巧的聪明。诗感的来临，是因于内心接受外物印象的击应，即时或是渐积的发生"感情"，这些感情在人的灵府里不止的跳跃，因时间的更延使他成熟。等到感情的外溢急迫的时候，就收拾在韵律的石磨里，写成文字。而这感情是直应的感情，并且是自然的流露出来。所以感情，经过了短的长的时间的挫折，或是遗落了，或是滋长了。因为是经过时间的网，就与别的相似的邻近的感情击应，也就从诗人的玄想中带来哲学的香气。所以诗要其有自然的格式，自然的音韵，自然的感情。但不仅是一些平凡的描摹与感慨，更其要有哲学意味溶化在诗里，使在美丽的装饰里藏着美丽的灵魂。

原载1930年1月16日《国立中央大学半月刊》第1卷第7期

文艺与演艺

近代文艺，常现一种堕落的趋势。那是离开文艺创作上自然的"趣兴"和纯洁的"感情"而成为技巧的演习。一般人将文艺与技艺并为一谈，这技艺实是脱离了"感情"与"趣兴"，为了另一种目的或是作用，而假文艺的形式来演作。这样本不了解艺术纯粹的无所为精神，无功利思想，而为向下的做作的一种"演艺"（这里所称的演艺，是借用一个日本名词，表示技艺，有别于真正的文艺）。有时候演艺也有其一部艺术的外表模仿，这模仿完全抛却艺术的核心，成为技巧。这些技巧脱离了文艺成立另一种东西，纵然间或和文艺发生一点关系，但这关系是仅仅模仿了文艺的外表形式而参加了许多另外的目的或作用。

在如今这时代，文艺的真正价值是不容易看见或评定。一般人的评定文艺价值只着眼于"普遍了解"，就是把标准降为平庸粗浅，其实文艺本身具有最高价值，往往只有最少数人能以了解。普遍的文艺，只是普通，本身价值不一定就高。以普遍了解来决定文艺价值，是明显的来抹杀一个国家的艺术最高境界。由于以普遍了解为决定文艺价值的标准，则不惜抛却个人之心灵来迎合时代或社会之好尚。因此就将"欣赏"一变而为一般人的兴趣，就对于文艺有了玩戏态度。此种误解，不幸降低了文艺的最高境界，而为低趣作品。

文艺的欣赏变为一般人的兴趣，于是演艺就藉此短视蒙混一般人，假称为文艺。其危害将使文艺亡了真性，只存了外表的技巧。这是文艺的堕落。因为凡是文艺，经过了不自然的演习以后，致原来活泼的生命遭受桎梏，即失去了自然的性态，而不是感情的表现。

诗原是诗人感情的自然流露，他的感情存在诗的自然节奏里。倘若存了一种心思，做一首诗欺骗女人，诗里面就没有感情，而存形式。一家戏院为了迎合当时代一般观众的卑下心理，请人制作合于脾味的含了"性"的或是有趣味的剧本，则此剧本毫无感情，不过以种种形式来使观众生趣，好获取利益。为宣传某种主义，在小说里喊出口号和政策，这就变成政治作用。若然如此，皆为了另一种目的或作用，不是自然的感情流露，其产生在于利用。

从这存了另一目的或作用，不有感情非自然的所表现出来的演艺，实质上早已失去艺术精神。现代文艺很明显的有这一种向下堕落的趋势，文艺就成为一种技巧来实现其另一种目的或作用。以这种演艺来蒙混只能欣赏低趣作品的人，足以危害文艺向上之发展。真正的文艺，要其为感情的自然表现，不含有任何的目的或作用。从无关心中产生出来，不怀着功利观念，一种无所为的高尚精神。这纯粹的文艺自有其高尚的价值，而不必强要迎合一般人的兴趣。这才能达到文艺的至高境界。

原载1930年1月16日《国立中央大学半月刊》第1卷第7期

文学上的中庸论

读《中庸》，其中有两句话可应用于文学理论。《中庸》第一章曰："喜怒哀乐之未发谓之中，发而皆中节谓之和。"中和就是中庸。朱熹说："中者，不偏不倚无过不及之名。庸，平常也。"我们以为朱说不如《中庸》上以上两句的中肯，中和就是中庸。喜怒哀乐未发时谓之中，发而皆中节谓之和，因此我们更要注意"发"和"节"。用现代名辞说，存在心中的喜怒哀乐就是一切情感与思想，"发"即是表现，发而皆中节就是表现出来都有节度。文学上需要中和，这中和的意义适当于谐和（Harmong）与平衡（Balance）。一切的文学作品需要其本身的谐和与平衡，从未发时的印象到表现，其间必定有一番使之谐和与平衡的手续；缺少这手续，我们称这作品为不成熟。在作品的本身以外也须要与外界的谐和与平衡，这种关系通常称之为"适合于时境"。本身或外界的中和作用，据上所说的仅止于作品表现时的手续。在作品未发表以前，我们也少不了对于"中"（就是接受一切情感思想的中心）有一番预先的整顿，整顿的方法仍不外是使之谐和与平衡，这是通常所称为"作家的涵养工夫"。

我们试回头看中国向来对于文学的态度，自从孔子说诗三百的"思无邪",至汉之尊儒,唐韩愈倡文以载道说,宋理学更以道学淹没了所有文章的性灵,这一脉相传的"轻文重质"实是把文学变成传道的工具。然而反对此者,有魏晋人的玄谈,唐诗的歌咏情性山水,以及明末三袁的主张性灵,一直到最近十数年新文学的解放束缚,却是完全一致的求"中"与"发"的解放。故有人划分中国文学为言志载道相互颉颃的流转,以为历代文质都是互为消长的,因此我们可以假定在这互相颉颃的逆流中,自然能产生一种中庸的文学。最近有人谈诗,以为"诗应该载道",正好表示文学在极解放中需要一种平衡了。凡一种相背驰的方向,往往引入于中庸之一途,我们不敢说中庸是最好的,但至少在文学上也常易从两种对抗中成立调和。古来偏激的文学态度(其实现在的文学也在内)不是极端的个人主义就是空泛的载道主义,但是每一朝代都有中和的出现,如像杜甫,我们可说是最代表中和的一个诗人,他常常在丰富与约束间得到适当的谐和与平衡,而李白与李商隐则各自走了一种偏激。现在有人分新文学为海的与古城的两类,我觉得这分法偏重地上而忽略个人。我们毋宁将它分为放纵的与拘束的,两者对于表现都有过与不及的偏倚(这分法属于作者对于表现的维度)。我们更可以从作者对于外界的迎拒分为被抑制的与不甘被抑制的两种,文学不能完全与外界无涉,不能太个人的;但文学也不能甘于被抑制在命定的范围内,我们看到这现象近来逐渐使文学与文学者堕落了。因此我主张这个中庸的态度,明了个人在这个时代处境中,不容许伸张私己,也不能被制定在一个"没有自己的范围中"。我们要自由的觉醒作张本,要一种从中心发的情感思想求与外界谐和平衡——决不是放弃自己可能与外界的谐和,而投身于被制定的桎梏中。文学本身是自由的谐和与平衡,文学作者有能力(或说本性上能)求与外界的调适,我们要利用作者与外界间可能的接近,而不是以强迫的间离个人于"自己"之外,那只能为一种被命所写的"制诰",而不是文学了。

以上我们所采用"中庸"二字的意义,不复是常识间所认为的"平常"。《中庸》上说"中庸不可能也",可见得中庸不是容易做到的。孔子所说"执其两端而用其中",孟子所说"心勿忘,勿助长",皆论关于德行之如何合于中庸。宋明理学家认真拿中庸的意思实行到正心养功夫,往往见其艰难,盖天地之间无论何物事都有两个不同方向的极端,两端之间有一条罅隙;人类就是在两端距离中求弥合这罅隙,也就是求一切事物的谐和与平衡。然而这罅隙的存在,可曾为人类的努力求弥合而至消失,这始终是可疑问的,也许人生的悲剧实由于此。罅隙也许永远是罅隙,求弥合也许永远造成人生的悲剧,然而人类决不肯放弃这种野心的企图,也许这就是所以为人类或所以生命的意义。说到文学或一切艺术一切精神上的构成,都不是绝对的可以建在"圆满完全谐和平衡"上,如人所想望的;然而文学的一切,其努力企图乃求不可能的"圆满完全谐和平衡"之近似,人生之悲剧反可以促成人生之伟大壮烈的精神。往古的遗迹斑斑可寻。自古以来,若干诗人哲士淡忘了世界的物趣,在黯淡的生活下枉费其精神,想提出"美的完全的永久的想象",使之存在于石柱人像上。文字的连缀中或颜色声符的结构内,这类大工程我们现今所见的艺术陈迹均是。然而这些人的对于"想象"求成为"具体的表现",其具体表现上(即作品上)可就是原来精神思想中的"想象"原形?没有人敢准确回答。我们岂不是徒劳无功,岂不无要求"生命的具体表现与不朽存在"而结果不朽具体的都是物质都是骸骨?——但,文学是顾成败不计较利害的,它是人性中与宗教一样的自然发生的,它惟一的企图就是努力求完成接近弥合"想象与具体表现近合一",使想象与表现的可能的谐和平衡,文学尽是这样一种野心的企图,而我们求谐和平衡的全生命,也是如此在极大难以弥合的罅隙中,永远劳力求其合一。生命的意义及文学的使命乃是如此,在不中庸中求中庸。

二十三年四月七日午,芜湖狮子山。

原载1934年5月10日《中央日报·文学周刊》第1期

艺术家的闻一多先生

闻一多先生早年是热情的新诗人,中年是勤恳笃实的古典学者,晚年是爱国志士。这是大家所知道的。但是,他一生对于艺术的爱好,因为未有遗作流传,还没有人谈过。我们从他对于艺术的爱好这一点上,可以更容易了解他的性格和他的志趣所在。以下仅就我个人和他接触到的,从回忆中略记其数事。

大约是1928年的冬天,我在南京单牌楼他的寓所里第一次会到他,他的身材宽阔而不很高,穿着深色的长袍,扎了裤脚,穿着一双北京的黑缎老头乐棉鞋。那时他还不到三十岁,厚厚的口唇,衬着一副玳瑁边的眼镜。他给人的印象是浓重而又和蔼的。1932年春,我到了青岛,从此一直到1944年,我们常在一起。在饮食上,他喜欢的不是清淡而是辣与咸,他的茶总是浓的,烟是烈的。这些都和他喜穿深色的衣服一样。在颜色上,他最爱的是红与黑,更恰当的说,是黑与红。诗集《死水》初版的封面是黑色的,那是他自己设计的。抗战前他在清华园的住宅,书房和客室的书架沙发都是黑色的。在生活起居上,他不是最严整的,但是稿本上的蝇头小楷永远整整齐齐,用笔如用刀,刚劲有力,一笔不苟。他是爱谨严的格律的,但同时也爱粗野、不平凡与不受束缚的力量。1938年他经贵州步行到昆明,带回了许多奇形的粗糙的用藤竹之根所做的旱烟竿和手杖，是他所喜爱的。在旅途中，他也带回了许多民间的歌谣。格律谨严的诗是他爱的，天真朴素而自由奔放的民谣，也是他所爱的。无力的没有活气的细巧，是他所不取的。

在生活上，他是洒脱豪放的人，不计较银钱。在我交往的朋友中，最使我不忘记的是他的健谈。我们很少沉默相对的时候，总是说不完，而且头绪万千。在青岛的半年，我们常常早晚去海边散步，青岛有很好的花园，使人流连忘返，而他最爱的是站在海岸看汹涌的大海。不知道为了什么，青岛大学闹风潮赶他。我们遂乘火车去作泰山之游，因雨留住灵岩寺三日，谈笑终日而不及学校之事。在泰安车站分手，我回南边，他手托在泰安庙前买到的一盆花回去青岛。他虽是健谈的人，又是比较洒脱的人，初见面的人总觉他和蔼可亲，又是热情的。但他的火气也很大，嫉恶如仇，和朋友争论问题可以面红耳赤，决不妥协。对于大海和泰山的爱，可以见到他的胸怀；对于小小奇巧事物，他也有癖嗜。

我一生没有听到他唱歌，年青时他是唱过歌的，他的嗓音很响亮。那一年从长沙步行到昆明，他和学生们在一起，一路上常常听到学生们唱歌，而他自己又一路上收集民谣。因此到昆明时，他告诉我唱歌的重要，说是在集体的运动中和集体的劳作中，唱歌可以团结，可以互相鼓励，振奋精神，齐一步伐。我仿佛记得他说，在旅途中他和同学们一同高唱，觉得高兴而年青了，忘记了疲劳。我们知道，那时候的一多先生是关在书房里不与人往来的一个学者，他说这些话可以看出青年同学的朝气怎

样在他血脉中又流通起来了。那时候他致力于《楚辞·九歌》的研究，他几次企图把《九歌》复原成最初歌舞的形式，他说要在舞台上出现古代的《九歌》。但是，他在昆明最初的几年中，虽然已经觉悟到群众歌声的伟大有力，而他自己孜孜不息的还是在书斋中作他字面上的关于古代诗歌的研究。一直到后来，他为田间写了《时代的鼓手》，他自己才正式地参加了革命的歌咏队伍中了。

在闻一多的诗里，我们可以看到三种东西：一个是整齐的谨严的形式，一个是奔放而抑制住的热情，一个是可以上口诵吟的。他的《罪过》，是最典型的一首诗。我记得在青岛的时候，晚间无事，我们两人手持一册，他常常吟诵古代诗人或外国诗人的诗篇。他所写的散文，有时间也特别地塑造成有停顿节奏的形式。不管怎样，我想诗歌之应该可以吟诵，是值得我们注意的；而诗歌也应该唱出来，似乎是他曾经有过的意见。

在昆明挂牌治印以前，他老早就会刻印章。刻的不多，而且不爱给人刻。到了清华教书以后，他因治《诗经》、《易经》之故，兼治古文字学，因此也开始写摹甲骨文和金文。在昆明因生活困难才不得已而为人刻印章。这时候所刻的，很讲究笔划的正确，也讲究布局，因为他对美术设计曾有过研究。他所刻的印章，可以称为艺术品：笔划是合乎六书的，布局是有构义的，刀力是刚劲的，字体是严整的。他所刻的，代表他的个性，就像他的字一样：不很丰润，但是有力，太谨严而不俗。他的印章、书法和诗，有许多互相贯通的地方。但此地我们必须指出一点，他仿佛最爱格律、章法等形式的严整性，而由于他是热情而又有丰富想象力的人，常常想冲出这个形式的篱笆。

有一二十年的功夫，他完全沉默的埋首于古代经典中间，作最基础最机械的整理工作。不能想象这样的人会舍身革命。但是热情与理想，在他血脉中细水长流的存在着，所以在他晚年愤然的说出我们不要为"六经"所拘束，我们应该走到活生生现实的社会里去。在他参加革命以前，他的治学的精神中就有这么一点。譬如研究《诗经》，他是从根本上一个字一个字去考订的，但常常有一些"离经叛道"的新看法，是从他的想象中闪亮出来的。在我初期治学时期，也是热心于古代神话和礼俗的研究；和他对谈，常常扯得很远，越谈越有劲。后来我自己转入于古代实物和历史的研究，觉得神话太空，引起他很大的反对。他在治学上的大胆的想象的驰骋，正表现为一个艺术家的气质，也是后来使他忘我地投入民主革命的一个动力。要是他多活几年，一定能冲破形式的种种束缚，更自由的写出更好的诗和创造更多的艺术作品。

我们若知道他对于诗的精深研究、绘画的修养和对于戏剧的爱好，我们便可以理解他在课堂上精彩的讲授了。我没有听过，但我知道他晚年在昆明讲课是最叫座的。我也没有看他演过戏，但常常听他说对于戏的爱好。那一年凤子在昆明演《原野》，他非常热心地动手作布景。我们要记得，那时候他还是一个伏案的学者，绝对不愿意花时间作他不爱作的事。然而那一次他真高兴了。这已是十七、八年前的事了，布景如何我已忘了，我只记得一看就是闻一多的布景。他常常谈到舞蹈的重要，当然那时候还着重于原始社会中的舞蹈的社会的意义。

绘画是他早年选择的行业，他去国外时的志愿是学画。很快的回国了，很短的一个时间在北京美专做事，后来不干了，开始教西洋诗。在青岛的时候，我看见他画过《诗经》的画，很工整的。后来在贵州步行中用铅笔作过写生画，这些画还保存着一部分。作过一些封面设计，画过话剧的布景，这些都是很有限的。但是绘画对于他是有着很大的影响，他所喜爱的颜色（黑与红）也象征着他思想情感中对立的两个倾向。

这里，我检出闻一多先生一篇论绘画的旧文，因未入全集，重刊于此。这是1934年他为了画家唐亮的西洋画展览而写的。这画展是在北京南河沿举行的。当时印了一个很小的目录，此文即载于前。他当时以为此文尚有未尽之意，打算以后重新续写，但一直没有写。我希望读者不要以此文来衡量闻一多先生的艺术观点，因为在后来他是确乎有很大的改变的。

原载1956年11月17日《文汇报·笔会》

纪念志摩

等候他唱,我们静着望,
怕惊了他。但他一展翅,
冲破浓密,化一朵彩云;
他飞了,不见了,没了——
像是春光,火焰,像是热情。

他去了,永远的去了。我们还是常痴望,痴望着云霄,想再看见他来,像一道春光的暖流,悄悄的来。不能说这全是痴,我们不知忘掉了多少事,唯独这春光火焰似的热情的朋友,怎样也难使我们放下这痴心:我们要的是春光,火焰,要的是热情。听这秋声萧萧的摸索四野衰败的芦草,我们记起过去的一个秋天:怎样的那冰凉的秋天蹑进我们衰芦似的心里,教我们怎样说,那一刻间不能信的信息,教我们怎样信,他一飞去的神捷,唉,我们怎样再能想!

在这秋天的晚上,隔院小庙一声声晚磬袅袅的攀附在这一缕青烟上,游魂似的绻绵,我仿佛听见他说:我在这里。我翻开这四册诗集,清水似的诗句,是那些片可爱的彩云,在人间的湖海上投过的影子。现在那翩翩的白云,又在天的那方,愉快的无拦阻的逍遥?

我们展开这几卷诗,是他偶尔遗落下的羽毛,仿佛看见他的轻盈,丰润,温存的笑。他的第一集诗——《志摩的诗》——在十一年回国后两年写的,那些是情感的无关阑的泛滥。那种热情,他对于一切弱小的可怜的爱心,

> 给宇宙间一切无名的不幸,
> 我拜献,拜献我胸肋间的热,
> 管里的血,灵性里的光明;
> 我的诗歌——在歌声嘹亮的一俄顷,
> 起一座虹桥,
> 指点着永恒的逍遥,
> 在嘹亮的歌声里消纳了无穷的厄运!

真的,他有的是那博大的怜悯,怜悯那些穷苦的,不幸的,他一生就为同情别人忘了自己的痛苦。那在大雪夜用油纸盖在亡儿坟上的妇人,那些垃圾堆上拾荒的小孩,那些乞儿冷风里无望的呼求,那个黑道中蹒跚着拉着车的老头儿:这些不幸永远震撼他的灵感。他的慧眼观照一切,这古怪的世界横陈着残缺的尸体,又是那热情引他唱起《毒药》的诗,他也为着那恐怖的《白旗》呼唤。在"现实"恶毒的阴暗中,他总是企望着一点光明,企望着这老大民族的复兴:

> 古唐时的壮健常萦我的梦想:

> 那时洛邑的月色,那时长安的阳光;
> 那时蜀道的啼猿,那时巫峡的涛声,
> 更有那哀怨的琵琶,在深夜的浔阳!
>
> 但这千余年的痿痹,千余年的懵懂:
> 更无从辨认——当初华夏的优美,从容!
> 摧残这生命的艺术,是何处来的狂风?——
> 缅念那中原的白骨,我不能无恸!

在他第一集诗里,许多小诗是十分可爱的,《沙扬娜拉》、《难得》、《消息》、《落叶小唱》和《雪花的快乐》,到如今我们还是喜欢来念。十年前初创时的新诗,只留下《志摩的诗》这唯一的硕果。这些诗,不光是鲜丽,它还有爽口的铿锵的声调,如像一首《残诗》:

> 怨谁?怨谁?这不是青天里打雷?
> 关着,锁上:赶明儿瓷花砖上堆灰!
> 别瞧这白石台阶光润,赶明儿,唉,
> 石缝里长草,石板上青青的全是莓!
> 那廊下的青玉缸里养着鱼真凤尾,
> 可还有谁给换水,谁给捞草,谁给喂?

十五年,志摩在北平约一多、子离等聚起一个诗会,讨论关于新诗形式的问题,他们在《晨报》有过十一期的《诗刊》。

从那时起，他更用心试验各种形式来写诗，他自认他的第二集诗——《翡冷翠的一夜》——至少是技巧更进步了。那开篇的一首长诗——《翡冷翠的一夜》——虽则热情还是那么汹涌，但他能把持他的笔，教那山洪暴发似的热情化作一道无穷止的长河。他向我说过，《翡冷翠的一夜》中《偶然》、《丁当》——《清新》几首诗划开了他前后两期诗的鸿沟。他抹去了以前的火气，用整齐柔丽清爽的诗句，来写出那微妙的灵魂的秘密。

他的努力永远不间断，向前迈进，正如他从不失望的向生命的无穷探究。十年来对新诗这样不懈怠研求的，除了他没有第二个人。"总有一条路可寻"，他说"我们去寻。"我们看他（我们自己要不要惭愧）不管生活的灰尘怎样压重他的翅膀，他总是勇敢的。

飞扬，飞扬，飞扬，
这地面上有我的方向。

但看那生活的逼迫，阴沉黑暗毒蛇似的蜿蜒，人不能受，他忍受。他有一种"信仰的勇敢"，在一切艰难上，他还是急切的求"一条缝里的一点光"，照亮他的一点灵犀。可惜这世界

不论你梦有多么圆，
周围是黑暗没有边。

到处有"经络里的风湿，话里的刺，笑脸上的毒"，但是"凶险

的途程不能使他心寒"。有时候他

> 陷落在迷醉的氛围中，
>
> 像一座岛
>
> 在蟒绿的海涛间，不自主的在浮沉……

但他还是"迫急的想望，想望那一朵神奇的优昙"。我们全是大海上飘浮无定的几只破帆，在蟒绿的海涛间，四下都是险恶，志摩是一座岛，是我们的船坞。这生命的道路太难走了，崎岖，曲折，和无边的阴暗，一听到

> 他唱，直唱得旅途上到处点上光亮，
>
> 层云里翻出玲珑的月和斗大的星……

我也是这些被唱醒的一个，听他说："一起来唱吧！"十九年的秋天我带了令孺九姑和玮德的愿望，到上海告诉他我们再想办一个《诗刊》。他乐极了，马上发信去四处收稿；他自己，在沪宁路来回的颠簸中，也写成了一首长叙事诗——《爱的灵感》。他对年青人的激励，使人永不忘记。一直是喜悦的，我们从不看见他忧伤过——他不是没有可悲的事。

二十年夏季他印了第三集诗——《猛虎集》，他希望这是一个复活的机会。集子开篇的一首《我看见你》是他一生中最好的一首抒情诗。还有那首《再别康桥》，我相信念过的人一定不会忘记。这类可爱的小诗，在他后期写的更多，更好——我们想不出如何说他好。我们一读他的诗，只觉得清——不是淡——清

得见底的；隽永，和灵奇的气息。我们说不对。

我不敢想去年冬天为什么再去上海，看不见他了，我看见是多少朋友在他灵前的哀泣。他知道，一定会笑我们忘不了的凡情，他好像说："我只是飞出了这个世界，到另外一个世界去，和原先一样好。赶明儿你们也得来，可是我等不及你们的，我会飞去第三个世界！"呵！你永远在飞，这世界留不住你！

洵美要我就便收集他没有入集的诗，我聚了他的《爱的灵感》和几首新的旧的创作，合订一本诗——《云游》。想起来使我惶恐，这曾经由我私拟的两个字——《云游》，竟然做了他命运的启示。看到他最末一篇手稿——《火车擒住轨》，只仿佛是他心血凝结的琴弦，一柱一柱跳响着性灵的声音。

真的，志摩给我们的太多了：这些爱心，这些喜悦的诗，和他永往前迈进的精神，激励我们。这年头，活着真不易，"思想被主义奸污"，感情卖给了政党。志摩争的就是这点子"灵魂的自由"，他要感情不给虚伪蒙蔽。他还要尽情的唱，顾不得人家说"这些诗材又有什么用"。看这十年来，谁能像志摩在生活下挣扎，不出声的挣扎，拨亮性灵中的光明，普照这一群人，不知道光明是什么。

"诗人是一种痴鸟，一种天教唱歌的鸟，不到呕血不住口，它的歌里自有另一个世界的愉快，也有它独自知道的悲哀，与伤痛的鲜明。他把温柔的心窝抵着蔷薇的花刺，唱着星月的光辉与人类的希望。它的痛苦与快乐是浑成的一片。"

唉，这一展翅的飞逝！我们仰望白云，仰望白云上的星月，那儿是你！也许你，在另一个世界上，享受那种寂乐；也许你

你已经飞度了万方的山头
去更阔大的湖海投射影子!

但我们还是

在无能的盼望,盼望你飞回!

二十一年十月杪记于海甸燕京。(文中所引诗及文句,皆出自志摩集中。)

原载1932年12月《新月》第4卷第5期

谈谈徐志摩的诗

五四时代所出现的初期白话诗,是想冲破旧诗的诗式用语体来表现新的时代的内容。那时间白话诗的形式,有些还多少残余着他们意图冲破的旧诗词的形骸,有些又表现为比较零散的小诗,似乎都不曾找到比较恰当的表现形式。人们还是回忆着旧诗词的音调和它的可以吟诵上口的好处。但是,由于在旧形式的束缚中解放出来,追求一种时代的新精神,因此固然在形式上有各种不同方向的试探,白话诗到底更自由的叙述了五四时代人们的思想情感。

大约在一九二四年,徐志摩用宣纸仿宋体所印的一册新诗集出版了。初印本是线装的,蓝色的封面,共收五十五首。一九二八年改订为四十一首,新书装订,内容也有了部分的修改,仍然叫做《志摩的诗》。他的清新活泼的诗句,曾经受过读者的喜爱;由于他两次编辑过《诗刊》,他的诗也影响过同时其它的诗作。从一九二二年起到一九三一年止,他一共印了四本诗集。和同时代的作者相比,他写过比较多的诗。这些诗,尽管已经过了二十五年以上,我们当时读过的而今日重翻一遍,觉得其中有些首并没有忘记。徐志摩的诗的好处之一,就在于此。

初印本第一首诗是"这是一个怯懦的世界,容不得恋爱,容不得恋爱"。在第二节中他说：

> 听凭荆棘把我们的脚心刺透，
> 听凭冰雹劈破我们的头，
> 你跟着我走，
> 我拉着你的手
> 逃出了牢笼，恢复我们的自由！

这代表志摩当时对于个性自由的热烈的要求。这时候正是他和他第一次结婚的妻子离婚，受到当时社会和亲族的反对，在他第一集诗中有过不少同类的呼声。我记得他曾说过，他的离婚是为了反对旧式的不自由的婚姻，他要反对这种制度，无论付出多么大的代价。不幸的是在他第二次自主婚姻以后，在生活上受到了更大的折磨与痛苦。但是，对此他没有表示悔恨。在他十年写诗的期间，对于旧社会的黑暗、冷酷与顽固，他是有过咒诅的，但是他一直愉快而乐观的活着，不曾颓废过。就像上述一诗中的末了所说：

> 去到那理想的天庭——
> 恋爱，欢欣，自由——辞别了人间，永远！

他希望把现实的人间忘记，而逗留在他的"理想"中间。

然而，现实世界种种，是不能如他所愿的"去罢"。他还是生活在"血红的太阳，满天照耀，照出一个我，一座破庙！"

(《破庙》)在《志摩的诗》内有两组诗是值得提出的。一组是长句子近于散文的《灰色的人生》、《毒药》、《白旗》、《婴儿》等四首，充满着青年人对于现实的不满的许多热情的呼吁。这些感情是有些混乱的。不能忍受"灰色的人生"，不能忍受"暴力侵凌着人道，黑暗践踏着光明"；他要一切受抑制的感情"像暴雨倾盆似的流"，他要"盼望一个伟大的事实出现"。这些诗句虽然有对于现实的激愤与反抗，但是正如他自己一首诗的题目所说的，"我不知道风是在那一个方向吹"。对于个人的恋爱自由，他是斗争到底的；对于整个社会的黑暗面，他只能表现为同情，人道主义的同情。在另一组诗中，对于打内战的兵士（《太平景象》）、求帮忙埋葬别人的好心妇人（《一条金色的光痕》）、一个死了儿子的妇人（《盖上几张油纸》）、一群捡垃圾的人（《一小幅的穷乐图》）、一个乞讨的女孩（《先生先生》）、一对老妇人（《古怪的世界》）、一个叫化（《叫化活该》）等，他都很细致的描绘了他的比较深厚的情感。这些诗的题目，有些是很明显的讽刺，有些是用太美丽的字眼去掩盖一些可痛心的不幸。在重订本中，不知为什么删去了《一小幅穷乐图》，这首诗的确把那些不幸者写得太乐天了。

《志摩的诗》中，占篇幅较多而当时为人称赏的还是他的抒情和写景诗。虽然他自己说，"在这个集子里初期的汹涌性虽已消灭，但大部分还是情感的无关阑的泛滥，什么诗的艺术与技巧都谈不到"（《猛虎集》序文）；但是他对于诗的形式，在当时实在作过不少的试探，也有过成功的经验。虽然他自己说"在二十四岁以前，诗不论新旧，于我完全不相干"（《猛虎集》序文）；但是他少年时曾有过旧诗古文的修养，对于他的炼字造句是有影响的。虽然他自己承认"不懂得音乐"（《庐山石工歌》附记），他写诗的确是推敲节奏音调的。譬如《残诗》的头二行：

怨谁？怨谁？这不是青天里打雷？
关着，锁上：赶明儿瓷花砖上堆灰！

他自以为得音声之妙。在土白俚语之中，他尝欲从其间吸取精华。中国的口语是丰富的而且有音乐性的，我个人总以为这一条道路是正确的。

在诗的形式上，他多少受了十九世纪英、美诗的影响。有些人以为《志摩的诗》是欧化的句子，我想这不大对。倒是在形式上，他的诗很像英文诗。在《猛虎集》中，他的吊哈代的诗和他所译的哈代的诗，很有相似之处。他所译白雷客的"猛虎"很像他自己的诗的作风。在他集子内，创作和译作很融和的印在一起。然而在用词和语法结构上，我觉得是得于旧诗文和留心口语二事。他的诗，很难说是欧化，也不能说是口语。我们举《沙扬娜拉》一首为例：

最是那一低头的温柔，
像一朵水莲花不胜凉风的娇羞，
道一声珍重，道一声珍重，
那一声珍重里有甜蜜的忧愁——
沙扬娜拉！

这一节诗，正是他自己所说的"温柔"，在形式上和他以后所作的《再别康桥》（《猛虎集》）：

轻轻的我走了，
正如我轻轻的来，
我轻轻的招手，
作别西天的云彩。

虽稍稍有点不同，后者更精炼一点；然而在情趣上是大致相同的。这些轻松而清新的诗句，可说是志摩的诗的特色。

我认为，志摩的第一集诗比他后来的诗更值得注意一点。这中间有的很粗犷，有的很细致；有的是感情自由的奔放，有的是有意的雕琢。一九二七年他出版了第二集诗——《翡冷翠的一夜》，他自己说这是"我的生活上又一个较大的波折的留痕。……在诗的技巧方面还是那楞生生的丝毫没有把握"。他又说："一多不仅是诗人，他也是最有兴味探讨诗的理论和艺术的一个人。我想这五六年来我们几个写诗的朋友多少都受到'死水'的作者的影响。我的笔本来是最不受羁勒的一匹野马，看到了一多的谨严的作品我方才憬悟到我自己的野性；但我素性的落拓始终不容我追随一多他们在诗的理论方面下过任何细密的工夫。"（《猛虎集》序言）

一多对于这集诗说是"确是进步了——一个绝大的进步"，大约是指诗的技巧。在此第二集诗中，那些粗犷的无关阑的泛滥的情感已经宁静了，那些"灰色的人生"、"古怪的世界"也没有了。这里大多数是爱情和风景的歌颂。在形式上比以前更精炼一些，用他自己的意思来说，更纯了更美了。只是在这里我们不再论这些诗，而提出比较不同的少数几首。

一九二五年三月，他在西伯利亚道中曾记述他写作《庐山石工歌》的动机，由于听到了那感人的石工们的"痛苦人间的呼吁"。他说"夏里亚平，俄国著名歌者，有一首歌叫做《鄂尔加河上的舟人歌》，是用回返重复的低音，仿佛鄂尔加河沉着的涛声，表现俄国民族伟大沉默的悲哀。我当时听了庐山石工的叫声，就想起他的音乐，这三段石工歌便是从那个经验里化成的。"

在第二集中，他有过两首反对内战的诗（《大帅》、《人变兽》）和一首纪念三一八的诗（《梅雪争春》）。我们今天重读他的《梅雪争春》觉得太艳丽了，而他所纪念的是鲜血。但志摩是爱国的，这一点应该肯定。一九二八年"五三惨案"以后，他在日记上写道："这几天我生平第一次为了国事难受，固然我第一年在美国时，得到了五四的消息，曾经'感情激发不能自已'过。大前年从欧洲回来的时候，曾经十分'忧愁'过，但这回的难受情形有所些不同。……一方面日本人当然可恶……上面的政府也真是糟，总司令不能发令的，外交部长是欺骗专家，中央政府是昏庸老朽收容所。……"

从一九二七年到一九三一年，他定居于上海，他的诗收在《猛虎集》和《云游》两集中。后者是他死后编成的，用"云游"两个字哀悼他的早死。在《猛虎集》中有一首《黄鹂》，很像是志摩一生的写照：

一掠颜色飞上了树。
"看，一只黄鹂！"有人说。
翘着尾尖，它不作声，
艳异照亮了浓密——
像是春光，火焰，像是热情。

等候它唱，我们静着望，
怕惊了它。但它一展翅，
冲破浓密，化一朵彩云；
它飞了，不见了，没了——
像是春光，火焰，像是热情。

这首诗也可以作为他晚期的典型。这一个时期，如他在《猛虎集》序文所说的"最近几年生活不仅是极平凡，简直是到了枯窘的深处"。这是很确实的，不仅是枯窘，简直是窘迫了。

他本来是个笑容满面的人，总是谈诗说文，很少涉及他自己的生活。一九三一年十一月，我和他有过仅仅一次，也是最后一次，严肃的谈话。那是在鸡鸣寺的楼上，窗外是玄武湖的秋光。他无心赏阅深秋的景色，和我谈起他的生活来了。他说这样活不下去了。"这样的生活，什么生活，这一回一定要下决心，彻底改变一下。"他并没有说怎样改，我那时也不大懂。第二天他坐飞机上北京，在泰山附近堕机而亡。他活了整三十五岁。

志摩的出身、教育、经验与对于西洋文学的爱好，都和一多有些相似的地方。但是他们后来的方向不同，结局也不同。志摩的诗是温柔的、多情的、自由奔放的、更多一些个人的情感；一多的诗是敦厚的、热情的、谨严的、更多一些爱国主义的情绪。志摩的为人是温和的，一多的为人是激烈的。他们后来所处的环境也不同：一多始终在北方大学里教书，而志摩住在十里洋场之中。志摩如他自己所说的，为都市生活压死的；而一多的晚年为革命而牺牲。一个是意外的可惋惜的早死，一个是至死不屈的悲壮的成仁。他们两个人的不同的性格，在他们的诗中也可以看出。

志摩去世已经二十五年，中国已经有了根本的巨大的变化。他所生活的时代和社会，已经成为历史的陈迹。中国正朝着一个社会主义的方向向前进，作为五四以后一个青年的志摩的苦闷已根本不存在了。在我们文学事业向前跃进的时候，我们不妨回顾一下五四以来文学走过的道路，这中间的好处坏处都同样可以有益于未来的文学实践。因此，我以志摩的诗作为五四以来新文学发展过程中的资料，试加以初步的叙述。根据了我以上所叙述的，我个人以为他的诗还是可以重选，并应该加以适当的说明。

一九五七年一月，北京。

原载1957年2月《诗刊》第2期

谈后追记

新诗、旧诗的问题，从前有好些人谈论，近来又有人谈了起来，刊物上并且刊载了旧诗。所谓新、旧诗，在形式上的区分是：旧诗的语言是"文言"，有定句和一定的押韵法；新诗的语言是现代"口语"，没有定句和一定的押韵法。从内容来说，用严格的旧诗形式写出来的，可以不是诗；不分行的白话散文，有时也可以是诗。因此，从形式上来看诗，有时是不妥当的。

在现代的日常生活中，如电报、公文、书信等，部分的还有用到文言的，还是可以用。一些于旧诗有修养的人，用旧诗体裁写诗，也还是可以的。但我们从韵文的发展来看，它是一直在变的：或则由于旧形式的穷则变，或则由于音乐的改变。新的形式，并不一定保证就是好诗；相反的，用旧诗体裁写的诗不一定就没有好诗。我们都知道模拟本国旧诗词，有时候只得其形似；模拟外国诗也同样有毛病的。我们今天写诗，应该取法于一切，而最要紧的是我们自己的诗。我们要取法于过去的，不但是士大夫的诗，还有民谣。

过去二千多年的诗词民谣，虽在形式上有过许多变化，但其不变的共同点是：（1）字句整齐，（2）音韵谐和，（3）短小精练。这三点都与诗之可以合乐和诗之可以吟诵相关联的。今天的新诗,对于这个传统似乎还有接受的必要。所不同的,我们赞成用今天活的口语作为诗的语言。写新诗的人,也应该像写旧诗的人一样,对于今天的语言文字要有一番艰苦的训练。我国的口语是丰富而多变化的,语法虽没有明文的"法",而在形似简单、实极错综复杂之中是有"法"的。口语中的词汇和日常语言中的"比""兴"是可供无穷发掘的源泉。

有些人以为诗有一种特殊的语言、词汇,诗可以不受一般语法的规范。我想我们只有在平常的口语中找诗的语言,我们可以用若干花藻的字眼而不一定能组成诗,诗中的语法只有在一定的时间上可以移动而不是完全自由的。诗的语言,只有一个最低的要求,它虽然出于平常的口语而必须是短小而精炼的。

有些作品,总嫌太长。不能说长一定不好,但通常的毛病是应该不长而长了起来。不要说诗,就是平常的讲话,若是短话长说,总是引起人不耐烦的。当然,我们的思想情感非长不可的时候,那就得长。我们说太长,指它的内容本来不长。

花藻的词汇的充塞和堆砌不能组成诗,新的抽象名词、政治概念在诗句内出现也并无害于其为好诗。但是,这些出现必须是有条件的。首先,作者是有着热情写出来的,那末标语口号都可以入诗;但是也不必为了"表现"新而一定要拖拉机、马达的出现。我们的政治热情并不能因为有了新事物名词或政治名词才明显,农民们有时用他们自己惯用的朴素的词汇歌颂新社会,往往比我们来得真,来得好。其次,这些名词应该出现在和它相应的环境中,好像在乾隆式的陈设中不应该有电气冰箱出现一样。

白话诗的好处,在于它可以自己创造适合的形式。模拟古今

中外的诗的形式，不能使它成为诗。照抄绝诗的押韵和照抄外国十四行诗的作法，都是不需要的。诗的分行印刷，看起来好，但因此发生了问题。作者可以觉得自己写出而印出的分行的字句一定是诗；作者可以滥用地位，把一句中的几组音节各占一行的成为楼梯诗。那就不好了。在需要楼梯的时候，是可以用的，但现在爱用楼梯的人应该想到古人连写诗句而不分行的经济精神。今天还不能不考虑多占地位是不经济的。

　　诗在发表的时候，可以是一首一首的，也可以是一组一组的。有人喜欢用"外几章"，其实是不同的几首；既然是此题以外的，就另外立题好了，何必"外"。

　　有人觉得过去应时之作多了些，应该多登一些抒情的诗，那很好。似乎不必要特地提倡抒情，也不必在发表时标明"××抒情诗"。抒情是诗的主要的内容之一，总不能说抒情的不是诗。但在从前，有些抒情抒得太狭隘了，总是个人的爱情和花花草草，没有时代的精神。那样的诗，既没有气魄，有时也不健康。但写得好的，也还可以，人总是比较对自己个人的感触和喜爱更能表现得亲切一些。我们每个人的思想情感，总在往前变动改易的，对于新的时代新的社会一定有新的感受。所以今天写的抒情写景的诗，若是看上去和二三十年前作的一样，那末这不仅是诗写得不好，而是写的人的情感改变得慢了一些。有些人，情感改变得慢些，不是不在改变，那末老老实实表现，也是可以的。

　　写文章还可以先出题目，写诗则最好不先立题，写好了再说。王国维在《人间词话》中说《诗经》、古诗和五代、北宋的诗词"非无题也，诗词中之意不能以题尽之也"，因说"诗有题而诗亡,词有题而词亡"。这种也是极端的说法。问题在于,应该先有诗而后立题,不是先有题而后写诗;后者如应制诗和应酬诗,好的少。有些诗,立了题目可只有画龙点睛之妙。有些人,在诗句中一再重复的提到题目,那样就多余了。

诗人应该扩大他的眼界、生活和感情,是"去"到"活"在这些境界、生活和感情中,而不是"下"去。只有一点是"下去"的,就是把自己放在下边,虚心的学习、感受、观察广大人民的感情、复杂的斗争、丰富的生活和广阔的自然境界。放下自己狭窄的书本上的(翻译本上的)不近于口语的语言和词汇,放下自己在都市商店橱窗中所看到的美术设计,忘记自己是一个下去找"诗料"的诗人。在平常人中,在平常语言中,在平常事物中,发现诗;在坚苦的斗争中,在战役中,在灾难中,发现诗。

诗虽是要感受,但还要写。在写出来以前,也还需要读书。欣赏、创作和研究,应该是相关联的。但是,光是欣赏和研究诗,还不够,应该扩充到较大的范围。对于历史文化和文学艺术,都要多少接触到一些。也不必老把自己局限于只写一种形式,可以写诗也可以写写戏;可以创作,也可以作些考证。鲁迅先生曾经立过这样好的表率。有一位很年青的小说家,反对一位老作家提出大家应各样都写,相声弹词也写。我赞成后说,没有普遍的结实的一般基础,过早专业化,那是局限自己的创作。

我们的身体是要衰老的,若是常常能学而思、思而学的温故、求新,我们的创作是能一天新一天的。这样就没有老不老的问题。有些人,他一辈子可以作了许多事,在小部分时间可以从事创作,我们不要告诉他"再写",他自己会"写下去"的。我

们大家把花园布置得美一点,空气好,门口宽敞,一定有许多人去欣赏花,也会贡献自己的花的。

以上这些随笔,有些是从前说的,有些是近来和人聊天时说的,有些当时说得高兴,现在可想不起来了。这些,可以作为自己谈天的追记,很不认真,希望读者只作为和我随便谈天一样。

原载1957年6月《诗刊》第6期

铜鼎

我们走进博物院里一定看到许多古代的铜器。有人问：它们为什么要陈列出来？它们有什么价值？我们怎样看才能了解它的意义，欣赏它的美？到底什么叫铜器，我们就来解答这几个问题。

古代的铜器和我们今天日常所用的铜器是不同的。今天的铜器多半是纯铜和锌的合金，我们中国采用这种"黄铜"是比较不古的事，大约只有一千几百年。陈列在博物院的古铜器，多半是纯铜和锡的合金，纯铜约占五分之四。这种合金叫做青铜。纪元前十二世纪殷代最后的几个王朝，已经出现极其精美的青铜器。这样说来，中国的青铜器已经有了三千二三百年的历史。由于青铜器的铸作技术之高，使我们知道那时候的冶金工艺和冶金知识达到了怎样一个程度：一、知道怎样从含有杂质的铜矿中提炼纯铜；二、知道加锡于纯铜可以降低冶铜的熔点并增加铜质的色泽；三、知道利用人力鼓风达到一千度左右的热力；四、知道制作相当复杂的模胎和泥范，知道选择能容受千度热力的铜液的细泥作范；五、有了高度的力学与美术配合的观念，使铜器有实用的价值，而又有美观的外形；六、有了高度的雕刻艺术，准确精细的工具。

这些由我们古代金工所创造的铜器，在世界的艺术史上占据很光荣的一个位置。但是在阶级社会，享受这些珍品的是少数的王室贵族。他们死后就把铜器埋殉在坟墓里。自宋代以来，地下不时掘出很多的古墓，青铜器遂得再回到人间。近来，由于大规模的建设，在地基上发现了数以千计的古墓，考古机构正以全力配合基本建设工程中基地古墓的发掘工作，在不久的将来，将有更多的更好的铜器出现在我们人民的博物院里。

我们所以要保存并陈列这些铜器，是为了它们有历史的价值，也有艺术的价值。铜器是物质文化之一，它对于研究古代历史社会提供直接的史料。铜器本身和其上所铸所刻的铭文都是第一手的历史资料。秦始皇一把火烧了六国的史记，因此太史公作《史记》时有许多地方只能根据秦记。但是秦始皇虽然销毁了天下的兵器却不能消灭埋在墓室里的铜器。因此，出土的六国铜器上的铭文，使我们多少可以看到当时比较真实的记载。又如西周时代的《尚书》，是十分难懂的，固然是年代久远了，但其中由于一再传钞致误也是难懂的原因之一。西周铜器上往往有四五百字长的铭文，它的价值等于一篇《尚书》。

一个读者有了上述的两个概念，他既不是历史家，又读不懂铜器上的文字，他到了博物院里看到许多发绿锈的青铜，会有什么印象呢？

历史与古物的修养、艺术的修养，都是慢慢儿养蓄的。因此我们还得多看细看，一次研究少数的几件，不要走马看花，否则一朵花也没有看清楚。我们去到博物院之先，应该多少有一些历史知识的准备，知道一些朝代和地域。我们可以先看一个大概，知道不同的时代和不同的器物，然后再来看铜器。铜器很多，先看看鼎罢。

鼎常常是三足的，因此凡三种力量平衡的时候我们就说"鼎立"。我们又听故事说伊尹负鼎说汤王，故事说伊尹是个好厨师，以滋味说汤王。他背了鼎，鼎是烧肉的。凡是三足的铜器多是烹饪用的，火在鼎下燃，三足是个架子。后来有了灶，安置锅的时候无需三足了。现在的沙锅底下还有很短的三个支钉，它是鼎足的一点痕迹。一切铜器多是从实用器而来的，所以我们看其形制便可以推想它的用处。由于它的用处便可以知道那时候的人是怎样生活的。

铜器中有一种叫甗（与獻通用）的，分作两层。下层是三个粗的空足，是煮水用的。上层好像一个蒸锅。上下层之间是一层有孔的箅子，这是蒸饭用的。由此我们知道殷代的人是把米蒸熟了吃的，吃饼吃面是比较后的事。我们比较殷代和周代的铜器，就可以看见殷代的酒器特别多，有各式各样的。我们知道殷人是爱喝酒的。

分析每一件铜器的功用，对我们了解古代是有很大的帮助的。以上不过随举两例。现在我们再回到鼎，介绍著名的大盂鼎。

这个鼎很大很重，通高三市尺零二分，重三百零七市斤；一百多年前，出土于陕西省眉县礼村的沟岸中；放在潘祖荫的苏州老家里也有了七十多年。抗战期间，潘家把鼎埋在屋子里地下。解放以后，潘家的后人慨然捐献给上海博物馆。一九五一年夏天，鼎从苏州运到上海，我也参预了装运，亲自为它洗刷一遍。它虽两度埋在地下将近三千年之久，但是全器完整无损。制作之精,形制花纹的完美,铭文之历史性的重要,在现存铜器中是数一数二的重器了。

通常有"十铜九破"之说,是说出土的铜器破损的居多。大盂鼎却是例外。它的上身是很重的,因此三足要支撑它,必须在足与腹相接处有更好的处理。此鼎足与腹的相接面大于常鼎,所以能牢固的承担重任。从鼎口向内看,足腹相接处凹下好几寸,就是力学的道理。加大相接面于鼎的内部,依然保持鼎的外部合式的线条,是匠人用心所在。

我们观看铜器或其它古器,必须将鼎放正,对面看之。此鼎当如照片所示,两足在前,一足在后。如此两耳与前两足成直线,两耳之间另一足之上的内壁便是长篇铭文所在。如此形式乃是陈列时的正确的放法。对着我们眼界的是铭文,左右两耳,腹外项下的一带花文,带中间的一个兽面和足上兽面的左右一半。

当然这张照片比原器小了多少倍,但是从此还可以一眼看出这个鼎的浑厚和朴质。

这个鼎代表西周初期中(晚于开国的武王、成王的时代)稳重而雄壮的作风,它和殷代铜器不同之点,是它没有殷代铜器中繁缛的浓厚的动物象形文饰。它是比较踏实的,不像殷代铜器富于对于神灵崇拜的一种空想。

我们观看铜器或其它古物的形式,应着重于三个方面:一、它的轮廓,即外形的线条,实际上是器物的实质结构的间架之表现于外在的线条者;二、它的文饰的布局,即文饰所占据的地位和无文饰的空间之布置;三、文饰(即所谓花文)的组织。我们说这个鼎之浑厚、朴质、稳重、雄壮等等乃就其轮廓而言,而此轮廓所表现者实际上是其实质结构的本质。

文饰布局可大别为三种：一种是繁缛式的，器身满布花文，毫无空白，如殷器上所常见的；一种是素简式的，器身没有任何花文或只有几道弦文；一种是中庸式的，即有部分的（往往是一带）花文而留了四分之三的空白。中庸式之可爱，在于它是有含蓄的。空白之存在是重要的，而且它帮助那有限的一带花纹发挥最大的作用。我们试想，若此鼎项下一圈花文重复的加盖于整个器腹，那么不但全局将是不美的，即每一圈带也削弱了它原有的气力。

大盂鼎上项下的兽面文，是图案化了的，即不复如殷代那么近于象形；我们已不复看见原来的野兽的狰狞面目，而成为较为温和的。鼎足上的兽面文，比较多保存一点立体的有力的表情，项下的是平面直铺。因为项下的温和和平面直铺，所以需要三足的强壮有力，如此才能担当起这大一个铜器所需要的气魄。这种上下强弱的调和，是与文饰与空白之相间相应的。

我们乍一看此鼎，仿佛它是十分对称的，就是说左右两足、两耳，兽面文为正中的矮扉所平分。对称确乎是我们传统艺术中的一个特色。譬如人家挂对子，若是满壁都是对子，那样的对法是不好的，所以常常是左右一对而中间一画。鼎有三足，那当中一足就如对子中间的一张画。我们看此照片，从上往下，则见两耳的上端微向外倾斜，项以下的腹部逐渐的向外倾斜而又收束向内，足接续腹底的内倾而向内倾。因此以左右两线条来看，它不是直线的，也不是弧形的，而是曲折的弧形的。这是对称中的不平衡性。

上说的中庸式与对称的不平衡性，当然不是中国艺术的全貌。我们不过就此鼎而指出一种特色。

最后，我们不能不说一说这个鼎内重要的铭文，共计二百九十多字。它记载"王二十三年"（当是周康王）王在宗周命令他的大臣盂的一篇诰命。在诰命中，周王告诫盂不要酗酒，说周之所以得天下由于饮酒有节，殷之所以失天下由于诸侯百官之放肆饮酒。诰文中一再提到文王，要遵从文王的典型，可见文王虽没有灭殷，却是建立周王国最重要的一人。最后周王赏赐了盂衣服车马，还赏赐了各种臣隶一千七百二十六人。后者是我们研究古代奴隶社会最重要的资料之一，这种资料在书本上是少有的。盂受到了这个诰命和赏赐，把它铸在鼎上，并以此鼎作为祭祀他祖父南公的祭器。

这就是我们对于大盂鼎的介绍，并顺便谈谈铜器和铜器的艺术。

原载1954年5月《新观察》第9期

论简朴

简朴是艺术实践中一条重要而基本的法则。我们所说的简朴，并不是简单而已，也不是朴素而已。简朴是单单纯纯、老老实实的，它既不是过分的复杂，也不是不当的花藻。和它相对立的，应该是丰谐。简朴和丰谐都是好的：我们听到牛背上牧童所吹的横笛是简朴而美的，听到贝多芬的《田园交响乐》是丰谐而美的。在我们古代精美的艺术作品中，这两种形式都存在的，另外还有介乎两者之间的"中庸式"。

古代的艺术作品，常常在简朴的形式下表现得很美很完整。一幅用墨色绘成的兰花，一张四条直腿、一块长平板的明代书桌，一个素净不刻饰的周代铜鼎：它们都是很简朴无华的，然而非常美。它们并不是采取简单的作法，而是用高度的艺术匠心创造出表面简朴而美的形象。用毛笔着墨来绘出兰花的神采，就不得不在一种颜色和有限的线条的条件下描绘出兰花的本来的神采；一张没有雕饰、不上油漆的书桌，就不得不在造形的设计上、木质表面的打磨和边缘凸线的精细处特别下功夫；一个没有花纹的铜器，就不得不在器形的轮廓上寻找最优美的度数。可以说，许多如此的艺术品并不能因为形式上简朴就以为它们容易创造。

世界上也有自然存在不经艺术加工的简朴，譬如野地里的一棵迎春花，溪水上的独木桥，林间的鸟鸣等等。这些简朴的景物，还是令人神往的。

当然，天地之间之美并不限于上述的两种简朴形式，不过这两种简朴形式总是好的。不幸有些好事之徒不甘心于此，以为复杂一点总要好些，以为一切简朴的必需要加工改造。这些人有许多是东施，他们保持东施的本色也就好了，不幸他们偏爱效西施之颦，乃成为可笑的了。

有一个机关，嫌院子光秃秃的，于是要放花。买几盆花放放也就好了，而主其事者弄了几百盆花堆成山地排列起来，以为这样复杂才好，看的人笑了。地方戏本来是没有布景的，他们的动作程式是因没有景色而发展成形的，有人说这太简陋了，于是来了许多布景，而忙于布景，演戏的人苦了。一个出版社请了一位封面设计者，他嫌封面一张光纸不好看，来了许多奇奇怪怪的图案和不美的美术字，作者和读者都不答应了。一位唱民歌的好手，唱出了名到了北京，有人说你是土嗓子不够好，于是他练了洋嗓子，以后就唱不出从前那么好的民歌了。我们何必多此一举，上述的诸例中，对于封面的设计者我倒提了一议，劝他老老实实不要多"美术"，虽然不会顶美，也不会出丑。

避免直截了当、追求复杂化可以发展到一种惊人的程度。有一个人，他以为直白白说话不漂亮，不学者气，于是句子是长的，一个简单的意见用许多长而转弯抹角的句子构成，每一句子又是许多名词、形容词的堆积。他的发言，不但叫人不耐烦，而且耐心听到完了还不懂。久而久之，他不是思想一个问题，而是思想如何说出一大串句子。只有在激怒的时候，才会干脆地说出几个字的正面意见。这是一个例外的例子。当然，有些人辞不达意并不是为了说话故意要花藻，而是由于思路不清，缺乏条理和逻辑性。有些辞不达意是因为不愿意直率的表示意见，因此搪塞一番。我们今天的社会，大家忙得不亦乐乎，还是爽直地说话好。

在文学创作上，有些人以为文学作品要用一种极其特殊的语言，好像平常说的话不能成为文学作品的词汇。新闻的报道也如此，以为报道文章是文章，一定要写成文章的样子。无线电广播员以为广播是宣读文章，不能是直白白说话。于是，那些惊天动地、可歌可颂的事，在报章上，在无线电里成为许多文章，那真正打动人心的感情反倒没有了。久而久之，这些成为一定的格式，成为公式流行，一直影响到小学生的作文。

我想，每一个人生在这个时代里，对于新社会的许多新事物，一定会有很多的感情的。倘使简朴一点的吐露出来，一定非常动人。抗美援朝初期，有一个在前线的护士写了短短一首诗，希望用自己的血救活个英雄，是那么简朴而动人。她并不想用特殊的文学语言做诗，但却是真正的好诗。一二年前报上有人民来信专页，许多老百姓口述而笔录下来的给毛主席的信，说的简单朴素，读了如见其人。在一些会议上，有些人经过事先的认真思考，抓着了问题的实质，虽然不曾作发言稿，上台后随口说话，然而说得很好的也不少。这些都不是"作品"，都是真正的感情，诚实而简朴的吐露出来，才是我们喜欢听到的声音。

总之，为了真实，为了美，为了减少一些不必要的浪费，应该在我们的艺术实践上、文章的写作上、生活方式的安排上，甚至于我们的说话，都要简朴一些，才是好的。至于简朴以外的艺术加工，只要我们逐渐地掌握到一定的能力，也同样地可以达到既真实既美而又不多余的效果的。

原载1956年11月17日《人民日报》副刊

论间空

间空或空白,是中国艺术实践中一个很好的方法。它在我们艺术的传统中,占据了很重要的位置。古代艺术作品,介乎繁缛式与简朴式之间的,有一种我们称为中庸式的,就是有一部分文饰而留出多半的空白。这些空白也并非只是空白而已,它们本身是不装饰的装饰,一种无言之言。古人所谓弦外之音,所谓涵蓄,就是这种意思。和间空相对的:好的是精美的繁缛、完满和充实等等,坏的是拥挤与堆砌等等。一件美的作品,充量的表现其美而又使人能在悠闲的气氛下去从容欣赏,就需要间空。

在中国的艺术作品中,有种种不同方法来运用间空的。轻描淡写的少数几笔墨色的写意画,留出很多的空白;一张简朴的明代琴桌全身是素的,只是几个略带文饰的"牙";一个素的铜器只在盖上铸上小小三个伏兽。这是把大部分的间空打在整个美术设计以内。书本和书画的装裱,在所刻文字和所作书画本身以外,留出很大的"天地头",这样既使一幅满满的山水或一篇繁琐的考证,看起来比较不紧张一点(天地头也有实用的意义,在书本上可以作批注校记,在书画上可以诗跋题记)。这种是用衬托的间空。我现在坐的是一张明代黄花梨椅子,其上部的背雕出了繁缛的许多图像,而下部的足全是素的,只有一小朵雕花。这种是用一部分的间空来调和或冲淡另一部分繁缛。苏州城内有名的汪氏义庄的假山，传说是明代的制作：山很小而屈折有奇趣，有大树小桥，而在数方丈之地仿佛别有天地。这种是用巧妙的布置使有限的空间人为的有扩大的感觉。

我们在野外远眺山景或在海中看孤岛，在此天然的图画之中，天和地或天和水做了很大的天地头，使我们胸襟为之开朗。人们的眼界是需要一些空阔的大框子的。在过去文人所作的写意画或花卉画，空白的背景不但使所画的更显著起来，并且给人以在空白上有自由想象的余地。这种措施和西洋油画是不同的，后者用颜色涂抹了整个画面而只镶了窄窄一个华丽的木框。

没有布景或只有简单陈设的地方戏，也是冲淡了背景而使观众的视线只注意到演员，而由演员的动作暗示出房屋、庭院、山野的存在。这也没有什么不好的地方。一个好演员，可以在他的演作上更自由地创造出背景来，比那些画好的更好。这本是我们传统艺术中很可宝贵的一点，而近来有些自作聪明的改革家一定要用愚笨的法子制造全幅的布景，似乎大可不必。

从《诗经》到唐人的绝句、宋人的词，总是短短的一组字，表现了情景和感兴，使我们在千载以后，诵吟之际觉其语简而意长，百读不厌。文学作品，尤其是诗，形式上的短正是它不短的地方。古人写诗并不分行，所以可以一行、二行便是一首诗词。我们现在分行了，看起来清楚明白，印起来却多占地位。我向来觉得情感意义可以长、深或曲折，但表现的方式还是精简一点好。我们若是把长的写短了，只会好不会坏的；把短的写长了，不免于可厌。现在分行的诗印在纸上，已经有了空白，我想写的人更多留一点空白，一定会更好的。

北京城最可爱之一，是它有许多公园，公园内有许多空地，空地上有许多茶座。可惜的是，我们只能星期日去。去的目的是找一空旷之地散行几步，坐下来并不渴而泡一壶茶。我们今天，工作和学习非常紧张，公园正是最好的可以松一口气的地方。

北京住家的四合院，好处就在四合之中有一块院子。院子本不一定是散步所在，但有了院子就觉得有一块小小空地，不怎么紧。四合院的坏处就是一层平房，占地大；然而高楼的公寓却缺少那一个院子，美中不足。现在人多而房挤，有些人又有家具又有书，房子不嫌大而嫌小。这本是无可奈何之事，但亦有补救之道。我想最有效的办法是把一切东西靠墙，无论如何留出房间当中一块（那怕是很小一块）空地，那样即使你在小小斗室之中，还觉得有些余地。

我们当然不能要求今天的都市和住家像古画一样有许多空白，但是可以挤出一些余地的。我们今天工作的繁忙是不能避免的，这些繁忙与沉重是为了明天。以我个人的经历来说，在百忙之中还是可以做出东西来的，忙中逼出来的有时比闲中缓缓而来的还好。这原因，就是工作的加速度使我们短期中接触了许多"面"，可以加快地从中吸取一些精华。人类的脑子也需要锻炼，越磨越快利。但是，也有一定的限度，好像火车在长途之后也需要休息一样，脑子很需要休息。不容许大大的休息，我们还得忙中偷闲，这是有办法的。我个人的办法，是看戏，可以使脑子不动，欣赏艺术。作为一个这样的观众，我们希望戏比较不要太刻板。我想许多的观众是希望有几小时的空闲而去看戏的。

我们今天正在创造一个史无前例的新中国，必须加快我们生活和工作的速度，也必须利用和开发地利用学术文化的空白，充实他们。当然不允许许多人有许多的闲空，或者土地上有许多荒芜的空白。我想，这也绝不会有的。就因为如此，我们今天的生活一定是快速度的，一定是减少空间的空白的，我们才有必要在这样的情形之下考虑一下自己的工作和生活的安排：在时间上和空间上挤出一点空白。正如同在长距离的运动中一定要安排下短时间的休息，好像横渡长江的游泳当中要知道飘浮一阵的方法。

原载1957年1月23日《人民日报》副刊

论人情

  一切好的文学艺术品总是顺乎人情合乎人情的。文学艺术既是表现人类的情感思想的，而人人具人情之所常，所以作品可以感动人心。那些诗歌、戏曲、小说可以表现几百年或上千年以前的人情，我们今日读之犹有同感，为之感慨落泪或同声称快；那些表现现代生活的诗歌、戏曲、小说倘使不能合乎人情的表现出来，可以使人啼笑皆非或漠然无动于中。我们对于戏文的剧情往往是熟悉的，但是表演人情的透彻，可以使人明知其结束而一定不放松地要看到底。秦香莲一剧中的包公一定要铡了陈世美才合乎人情天理，否则不成其为包公。小白玉霜所演的秦香莲，观众明明知道她要得到最后的胜利的，但毫不放松地一定要看到她的成功才放心称快而去。那就靠表演的艺术了。

  我们欣赏那些石刻的泥塑的铜铸的佛像，欣赏他们眉目间的神情、手指尖的意趣、衣折间的风度，并不因为他们是神道，并不仅仅着眼于金装和雕镂之精工或色彩的鲜丽和谐，而由于在线条以外表达了人情。那些庄严、微笑和苦难的忍受反映了作者对于人世间的希望。佛就是人，佛像无异是人像的化身而已。这些应该是过去的事，其取材取法是不可以再刻板模拟的了。我们今天的人，有他的庄严、微笑和对于未来的美境，就应该另外从真实的材料中表现新时代的人情。古代艺术,有许多地方值得我们今天依然欣赏和取用的,但必须发展这些久远的艺术传统而且使之有用于我们今天的现代艺术。

现代的文艺作品,一定不能刻板地模拟古人,因为人情也是随时而变的。现代的人,衡量古代的文艺作品,也不可以用今天的人情作尺度,而应该历史地去看古人的人情常理。文艺的批评工作,尤其是古典的文艺批评工作,最需要先作历史的研究。就是从事创作的人们,若是住惯了城市的,要写农村就首先要熟悉农民的感情,了解他们的人情。若是仅仅看到农村的景色,看到农民如何高兴地工作,还是不够的。如何从今天农民的心情中去追溯历史上农民的痛苦和勤劳,还是需要研究历史。但是,光是学究式地历史地去研究农民,而不真懂得农民的人情,不使自己和农民发生真正的感情,那还是不成的。为什么有些作者常常用知识分子的心情去分析农民的心理,就因为他不曾懂得他们的人情。

苏州评弹说旧书的精彩动人,在于以简练的言词和有限的动作分析出刻绘出古代才子佳人和各色人等的人情世态。杨振雄在说《西厢记》时,常常用半小时工夫引出一句《西厢记》而对莺莺或张生作了全面的人情的暴露。何其细致美妙,虽详而不繁,虽细而中肯。这种个性的分析,值得玩味。他们最近说了一些新人新事(如王孝和和刘莲英),用的是传统的老办法,而其刻绘人情激动人心,其高明处是从事话剧电影和写小说的人应该观摩的。

我们最近看到了一些法国的和印度的电影,在表达人情一点上对我们的电影有启发的作用。这些人情,有时虽表现在小节目上,而实际上有着深刻的动人之处。我们若在比较枯燥的作品中加入一些生动有趣的小节目,那并不是正确的办法。我想我们大家应该学习鲁迅,在他的小说和杂文中十分明显地表现出他对于人情的深刻的体会。一切为鲁迅先生画像或作塑像的人们,最应该首先体会鲁迅先生如何了解他的同时代人们的人情的深刻,然后才能画好塑好鲁迅先生的像,而不是仅仅斤斤计较他的服饰和姿态。

我们研究历史的,常常企图从古代神话传说中去寻找"历史的影子",不但不以神话传说为荒诞不经,而且认为是最可珍贵的。对于从事文艺的人,我想神话、童话和神怪故事的可贵,就在于其中的人情和丰富的想像,并不全是胡说或乱想出来的。古代的笑话和谣谚,也是同样的。《聊斋志异》一书,说的全是鬼怪,其实全是人情。若是它们真正是有深刻的意义的,那么即使以鬼怪的形式出现,并不足怪,也并不不好。从前还有人相信鬼怪,但当时读《聊斋》的人大多数是当做人间的故事读的。现在很少人相信鬼怪了,这些鬼怪小说或神话戏剧的出现,是不必因其以鬼神的形式出现而有所怀疑的。

古今伟大的文艺作品,往往表现人性的庄严:在黑暗中追求光明,在困难中找出路,在压迫下挣扎而斗争,在危亡中表现不屈的勇敢和急切中的智慧。但是,在有些作品中,也常常表现为滑稽、诙谐和轻松的愉快。这些也是人情之常:在疲劳中需要短时间的欢笑,在绝望中需要寄托的快乐,在紧张的工作后需要放松一下胸怀。在戏台上,我们需要丑角,好的丑角可以使庄严的戏更庄严,悲剧更悲,喜剧更乐。

我们常碰见一些不解风趣的人们,对于人家的笑话和诙谐以为是不严肃。这些人不知道笑,也不知道笑的好处,更不会欣赏打诨的智慧。古代有些道貌岸然的道学先生,并不一定是正经的;反之,太史公滑稽列传中的"倡优"人物,不乏有严肃的内心和敏捷的口辩之才,虽"善为笑言,然合于大道"。我从前对于北京的相声有些怀疑。但到底有许多人爱听,其中必有道理。我偶而也听了,确乎是有悠久的历史传统的。它能尖锐地反映现实。有些段子,是有意义的笑料,有些是有讽谏和教育作用的。即使有些纯属于可笑的,能引人发笑,也是一切勤劳的工作人员所需要的。

　　人与人相处,无论是做朋友也好,谈正经事也好,也不可没有一点人情。我们中国人,过去有些不必要的人情,流于虚伪、矫作和无是非之感。但是对于我们日常相处的人,一天到晚一本正经地谈话,对于进行工作也有妨害。了解对方的人情,谈话中有人情,处理人的事有人的情,我想事情会更好办的。我们不欢迎"无事不登三宝殿"和"临时抱佛脚"的人,人与人之间应该在平时间有些说说笑笑的接触。在一次有好些老人家参加的座谈会上,我听到一位八十岁老人说他所理解的社会主义是"生活过得更好、人处得更好"。这些老先生们都主张有个同行的茶馆,可以聚会聚会,谈谈天,或许在自由谈天之中可以解决一些问题。严肃的开会,自由的茶座,都是需要的。我相信社会主义的大家庭里的生活应该更丰富些。

原载1957年5月8日《人民日报》副刊

要去看一次曲剧

初三晚上,在前门小剧场看了北京曲艺团改编演出的一出新的大戏——《杨乃武小白菜》。这是清末光绪年间的一件真事,在我们浙江民间最为流行的故事。我从小常听母亲讲,但看它演出成戏,还是第一次。这六幕十二场的大戏,演得很精彩,很成功,使我们毫不犹豫地觉得曲剧可以演出很好的戏,那怕是借用别的剧种的剧本。

主演者魏喜奎的天赋歌喉和善于表演悲剧的性格,使这出戏十分动人。另一男主角李宝岩自始至终紧密不懈的演唱,也是十分使人赞叹的。许多演员揣摩了清季官场的种种形象,各种帮闲的丑态,在表演动作上都很现实。除了陪衬唱词的音乐以外,这一次烘托环境空气的音乐,特别成功地(也可以说创造性的)创造了一些音乐的场面。这使我记得魏喜奎对我说的,他们的乐班是北京一带附属于曲艺的"笼子"所发展的。这些"笼子"就是装锣鼓家伙、在喜庆堂会上敲打的。这个出生于民间的乐班,经过了最近几年曲剧的演奏,已经能很从容地担负起这出大戏的重任了。

魏喜奎以前所主演的曲剧《罗汉钱》、《柳树井》和《妇女代表张桂容》等,都很能表现出人情味,因此使人感动。在不久以前,他们为了排演《天仙配》的两折(路遇与告别)特别锻炼

了身段。在《路遇》一折中，形象很美，布景很好。这一次演出的《杨乃武小白菜》，比以前进了一步的是它的戏曲性加强了。布景和服装的细微处也很用心。曲剧团在短短几年中间，经过坚苦奋斗，不向困难低头，因而有了很多的进步。他们这种努力与成就使我佩服。

为这样一个新生的剧团，我们应该鼓掌。它是地道的北京的地方戏，从北京地方原有的曲艺和乐班发展起来的。从一个人演戏发展为许多角色的大戏，是许多地方戏走过的道路。因此，我们应该承认，曲剧是有前途的。他们不久将要演出《啼笑姻缘》，一定更能现身说法地演出好戏。我们也希望唱得那么委婉动人的魏喜奎的《红楼梦》鼓词，有一天也能成为大戏。

我看到许多地方戏，有许多演员的表情和演唱艺术，使我很骄傲是一个中国人，很幸运是一个中国人，能同时欣赏许多花，老根上发出的新花。这其中，我特别欣赏常香玉和魏喜奎的歌喉和表情，觉得她们有很高的歌剧的水平。豫剧是一个年代较久的剧种，有现成的好剧本，也有较广大的观众；曲剧是一种新的剧种，剧本还在创造之中，已经有了这样的成绩，是更难能可贵了。

关于曲剧团此次演出的内容，此地不说了，读者可以自己去看，是要去看一次的。我把曲剧老艺人顾荣甫的话学一遍吧。他说，咱们这个曲剧是朵小小的嫩花，经不起狂风暴雨，大家多栽培一些。让我们北京观众的掌声和意见，作他们的阳光和细雨，这朵北京花一定能开得更好。我预祝他们更大的成功！

原载1957年2月14日《人民日报》副刊

我们当编辑的

我们当编辑的，说是一种光荣的工作，说是属于高级的创造，说是一个好编辑同时是一个研究者。这些全是正确的，我自己也是一个编辑，我体会到这些。我们当编辑的，暂先不提我们受到的责难，我们是掌文章的生杀予夺之权的。是的，我们坐在小小的斗室之中，埋首于一堆稿件之中，左边是浆糊剪刀，右边是墨笔红笔，聚精会神拜读那些没有排成铅字的文章，可以登之退之改之删之。由于我们的无知疏忽或喜恶爱恨，可以压抑或是提拔一个不知名的作者，也可以讨好也可以得罪一个知名的作者。我们当编辑的，仿佛登了台的演员，一幕一幕出场，我们是成年每月逐期的赶着编辑，叫报刊杂志如期出现。我们所表现的成绩是不大显著的，而我们工作中的缺点、错误是经常被发觉的，因为我们总是少数人编而给上千上万的人过目的。因为有缺点有错误，我们经常检查自己纠正自己，慢慢养成了"但求无过"的看法，一定要使编出来的不出错，于是也就不一定会更好了。平平稳稳，成了我们的习惯。不求见知见闻于世，因为我们的名姓大多数是不出现在主编或编委的名单上的。

而现在，我（作为一个投稿者）应该为我们当编辑的说几句话了。就在这半年中，我们组织了刊载了拜读了许多作者的文章,热烈的讨论着远景规划、科学大进军、百花齐放和百家争鸣,这些都使我们十分兴奋。我们的学术研究和文学艺术的创造,要很快的兴盛起来,要很快的向前进了,我们当编辑的也会更忙(甚至于更乱)起来。我们当编辑的,在这样一个紧张紧要的关头,在这样忙迫的当中,是应该自己问一问:我们在这样的高潮中间负有什么责任,我们怎样能跟着前进而不至于落伍,我们的落伍会不会影响学术文化和文学艺术的前进?

我想,学术文化研究成果的发表和研究方向的指明,文艺创作的发表、介绍、批评和文艺方向的导致,编辑者介于作者与读者之间,是起着桥梁作用的。不及时地发表应该发表的作品与研究,不广泛地了解读者的爱好与要求,是学术文艺发展的阻碍。但是,怎样才能胜任,怎样才能作一个坚固广阔的桥梁,在于编辑的培养和进修的速度必须相应于学术文艺前进的速度。一个学术性刊物的基层编辑,应该是所属的学术科目的学习者与研究者;一个文艺刊物的基层编辑,应该是文艺的创作者、研究者与评论者。不仅如此,他们应该比普通的研究者或创作者还要更好一点,才有可能提高自己的刊物,审理编辑自己的刊物。但是,是不是有许多人想当编辑,是不是有人愿意当编辑呢?据我所知的,有是有的,但一当上了不免有许多无处可发的牢骚。

没有人否认编辑有其崇高的地位,光荣的任务。但是实际上,社会对他们的尊重是不够的。在一编辑会议上,有人说只听见人家介绍这位那位是所长、文学家,很少有人介绍这位那位是主编、编辑;他们忙着日常的繁琐的工作,很少参加任何的活动。在物质待遇上,是不公平合理的。我知道有些科学刊物,主编和一切挂名的编委每期都有编辑费,而真正工作的基层编辑,不但没有这些,也得不到自己所编的一本书刊。在与我有关的单位内,同一大学专业的学生,当了实习研究员就比当了编辑多一些工资。我曾问人事干部,他们的答复是编制规定如此。为什么编辑工作低于研究工作?既然是低于研究工作的,他们如何能去编辑高于他们的研究者的作品呢?为此事,我在口头上呼吁了很多次。编辑先生!请让我借你的地盘为我们当编辑的再呼吁一次吧!

我自己深深地相信编辑是高级的创造,编辑者在其业务上可以转而成为研究者与创作者;给予一定的条件,他们能成为更好的研究者与创作者,因为他们的工作使他们较广阔的接触到所编的内容,更敏锐的看到所编的内容的可取可弃之点。然而,若是没有一定的条件,那么他们将成为但求无过、不进不退的工作者,在审稿、改文、改标点、剪裁、校对的事务中,不能翻身,不能看到学术文艺浩阔的天地;成为纯粹的文字编辑工作者。

我们从事编辑工作的,没有比今天更需要提高自己的业务——不仅是编辑的技术而是所编辑的学科内容。百家争鸣与百花齐放,需要我们编辑有充分独立思考和独立鉴别的能力,而能够独立思考和鉴别不仅仅是思想工作的方法问题,而是要具有渊博的学问作根柢的。我国历史的基本知识,是首先要充实的。国外的知识,也是不可少的。文章内容的公式教条应该打倒,而文章形式的千篇一律也是在改革之列的。我们当编辑的,对于行文格式久而久之形成一套刻板的形式,稿件来了,不自觉地就用红笔去改削;这些被改削的文章又在读者和作者的印象中取得了楷模的地位，觉得非如此便不顺眼。我们报刊的行文，其问题不是语法讲话一类书可以解决的，主要的是学习口语和没有沾染这些习气以前的古代白话之作的观摩。文字修饰，更确切的说是不矫揉做作的不修饰，是一件对于作者编者同样重要的事。

编辑工作本身对于编辑者灌输了范围较广的知识，常常是不联系的片断，可以利用这基础进而作深入的专题专业的研究。一定要腾出时间来，在编辑工作以外作系统的业务学习。这些学习要作出书面的结果——创作、批评、介绍或研究。让编辑者有机会在自己或别的刊物上发表，并以此衡量他们的进步。明确的要求编辑者在编好刊物以外，同时是一个创作者或研究者。

这几年以来，当编辑的的确有了不少的劳绩，当然同时也犯了许多错误，受过许多责难。现在到了这样一个时候，不要责难太多了，而也要有鼓励，使他们有条件充实自己的能力。不要再是得过且过的过下去，而是能以独立思考的处理稿件。我自己并不是一个专职的编辑，对于若干刊物的编辑我也有过不少意见；我也受过一些编辑的乱改乱涂的遭遇，我自己也乱改乱涂过别人的稿件。但，为了更好的使百家鸣起来，百花开出来，我们还应同情的想到编辑者的一些问题，而我们当编辑的除了叫苦以外也要为自己想出一些使自己更充实的办法来。

原载1957年4月19日《文汇报》

两点希望

我从西安回北京后，纷纷然闻听"鸣""放"之音，好不热闹。这正是花开时节，欢迎红五月的来到，真是一番好气象啊！毛主席两次有关"鸣""放"的谈话，是这几十年中关系了中国文学艺术和科学文化的划时代的一炮，它是即将来到的文化革命大进军前鼓励的号角。我个人深深感觉到，一种新的健康而持久的风气已在开始。我们此时谈什么早春与晚春、香花与毒草、顾虑与放胆，也只是在此浩浩长流中一些微小的泡沫而已。我相信，这种新风气的开始的时候已经到了。

但是我们个人，在解放前有过一些经历和旧的承受，在解放后经过了否定、怀疑和改造自己的过程，我们个人确乎变了许多，而国家社会更是变得快而多了。在这样一个大变动时代中，我们对于国家民族感到骄傲与兴奋，对于自己则迫切的要求改变自己，也往往有所局促不安。好像缠了足的人，还不能忍痛的一次大放；好像在暗室里走到光天化日之下，还不敢猛然张目。党所号召的鸣放，岂不是人人所盼望的？文艺工作者，那一个不想放，老年的著名艺人，往往受到照顾不能登台而因闲得病。学者们本以放论为其读书的目的之一的，读书或研究有所收获，在写作以前，那一个不想找一个人首先口头上论述一回？我想人之愿放愿鸣，本是当然之事。而此时提出要放要鸣，乃由于在大变动中过来的人，尚有一些暂时不能开展的情绪，好像在不熟的朋友之前不惯于放歌畅论的羞涩。因此对于应放应鸣，才有大声急呼的必要了。

关于不敢鸣的顾虑，关于有些同志对于放的顾虑，报刊上说的多了，也有了许多比喻。不放心放，不勇于鸣，乃是很自然的事实。我们认清楚了，逐渐的一定可以放得起来、鸣得起来的。当然，回顾过去也是有益处的；但是还是往前面看吧！在目前，我只有两点希望。一是大家彼此做真心的知己朋友，有话畅快的率直的说，不要再四平八稳、宁左毋右、引经据典、声东击西、言不由衷。首先反对这种八股式的说话方式，反对在座谈会中说没有内容的空话，反对过于冗长的说教式的论文。大家说一些短话，谈一些真心，不拘什么形式，不怕批评别人也不怕批评自己。朋友的交情是慢慢来的，也不必太性急。有了很好的茶馆不见得人人全去谈心，有了很好的报刊园地不一定都能拉到好文章。

我的第二点希望，我们正在一个幸福的大时代中，大家培养一些宽阔的胸襟。脱离群众和脱离实际的人，有宗派情绪的人，顽固不化不肯改造自己的人，往往同时都是心胸狭小的人。他们的思想情感，总是落后于新社会发展的事实，他们既妨害了团结，也限制了自己的进步。心胸狭小了，对于放鸣也成了问题。有些作领导的，有时只看见群众的落后，只看见群众过去的小辫子，很不放心于放，也出于真诚。有些作群众的，有时只记得自己曾经是落后的，只记得自己的辫子被人抓过的苦痛，很不敢于鸣，也出于不得已。倘使大家把这些全豁出去了，那就没有什么不可放不可鸣的了。但上下彼此的放宽心胸，也非一朝一夕之事，你放一点我也放一点，也不能怪彼此的不放。但不能我等你放我才鸣，你看我鸣得对你才放。若是大家一等，那就迟了。但我相信毛主席的号召，是在新形势下浩浩向前涌进的力量的泉源，我们个人是不能等不能停的，还是赶快的放鸣吧！

原载1957年5月6日《文汇报》

书语

文字是记录说话的，有详略的不同。时代愈古，记录愈简，这并非古人说话比今人简略，乃是当时记者记得简。记录的简或繁，是受书写工具的限制。如商代的人写字刻在龟甲牛骨上，非常费力而费时。周人用的是篆书，也是弯弯曲曲的，写起来不方便。秦时因为官狱和戍役，索兴把难写的篆书改作隶书。但隶书方方正正的，一笔是一笔的，有波磔，还不够简单，于是有草书。那时候蒙恬军中发明鹿毛笔，写字便敏捷了。后汉蔡伦造纸，比以前所用的竹简缣帛又好写又经济，又便于折叠携带。用毛笔写字在纸上，遂维持了几乎二千年的应用。

我们叙述以上的历史，在说明古人记录的话之所以简略。简略虽简略，除了对于虚字的省略以外，它对于当时说话的语序，还是保留着的。大约是汉朝人，他们去古未远，而对于古有向慕之情，于是有模拟古人文章的风尚。从此文言白话渐渐划出了一道鸿沟。同时，上流士大夫很受书本的影响，说话文绉绉的，这一种说话名之为"书语"。《隋书·荣毗传》说文帝起初与他的老朋友荣建绪商量一块儿享受富贵，荣不肯，后来荣去朝见文帝，文帝问他："后悔吗？"他回答说："臣位非徐广，情类杨彪。"文帝是个不读书的，说："我虽不解语书，亦知此言为不逊。"又《隋书·李密传》述李密和宇文化及对战时,说了一套话,化及听了不懂,等半天才开口说"共尔作相杀事,何须作语书耶?"

书语和白话不同的地方,不外乎"字汇"和"语法"。书语好引经据典,出口成章,所以它和说话所用的字眼不同;书语既好引经据典,出口成章,所以它和说话的语序不同。推溯书语,大约和孔子所谓雅言差不多,《论语·述而》篇记"子所雅言,诗书执礼,皆雅言也"。雅言是引诗书的,那么雅言的对面是但道家常的俚俗鄙言。雅言是士大夫说的,俚俗鄙言是流俗的村夫走卒说的。自古以来,读书的人总是士大夫,所以士大夫既然在文章上求其典雅,又在说话上求其不俗。于是文言书语遂为士大夫专用的了。

近二十年的提倡白话文,当然想解脱掉死了的雅言,重新回复到坦白直率的白话。我以为中国的白话文,可分为三期。第一期是古代,文言白话根本不分,但因书写工具的限制,用字简略,省去虚字。第二期当文言白话既分之后,无意间又出现了记录的白话,可有三类:一是宋学者解说道理的语录,二是以说书者的口气所写的演义评话,三是写出来给人阅读的章回小说。第三期是有意的白话文,也分三类。一是初解放时受"书语"影响的白话文,二是受"欧语"影响的白话文,三是受"译语"影响的白话文。

"欧语"影响,是说语言文字的欧化。也可以分字汇和语法两种。用外国语的字汇(翻译名字),在南北朝以后,已经有了。这种外来字汇之应用,并无妨于中国原有的语法。语法的欧化，则是根本采用欧语的语序、变化等等。中国语和欧语不相同，除非我们觉得以中国语为语序的白话文不足以表现现代人的思想情感，我们并没有一定要欧化的理由。在中国旧小说中，已有不少例证证明白话文很能传情达意。这种传情达意的力量，虽在今日的人事之下，依然存在的。用白话文叙述科学的论文，容许有些困难，但我们还不曾尽量的试写过。每一个国家民族的语言，乃是习惯累积而成的，它对于表现其本国本族的思想与情感，应该更适合更妥贴的。中国语法的简单，没有"时""数""性""人称"等变化，正是中国语进步的优点。这已渐渐为人所公认了。

翻译欧语的书籍，常常不知那样翻法才对。有用直译的，有用意译的，有似乎意译而语法又似乎欧语的。又因为译者对于原文的了解，往往不充分，所以其所译者形成一种既非白话又非欧化语的杂体。此之为"译语"。读者受其影响，模仿它而写为貌似白话文，而实际是不伦不类的。这种白话文，在一般专读翻译书的中学生们中间最为流行。

白话文而用书语，几乎是很难避免的。一个读书人和乡下人谈话的隔阂，就是书语的隔阂。其中也是分两部分的，一是字汇，一是语法，而白话文中的书语影响，以字汇居多。

白话文中带书语，它和文言文完全不同。文言文以书语为字汇，以书语的文法为文法。白话文中所参入的书语，往往只是字汇，而此白话文仍然遵守白话文的语法。书语在白话文中，如果有活用的好处，那是因为书语在句中，富有联想和经济的作用。

所谓书语，也是相对的。一因知识程度有高下，读书人的谈吐比乡下人多一点书语。二因地域方言的不同，某一方言地域多保存一点古语，这些古语在别一方言地域不存在，而只能见于古书上，于是认作书语。三因时代先后，古书某一语到现代语言中或已不存在，或存在而易以别的字，如古语的"夫"今作"罢"之类。由此说来，所谓不带"书语"的白话是很难界说的。勉强的说，它是不带死了的"书语"（即现在士大夫也不说在口中，一切方言地域都不通行的），不夹杂纯粹的偏僻的方言，而保存一般的俚俗鄙语。

由以上所述，我们得到一点结论：在今日书写工具和印刷术都很进步，我们可能较详审的记录说话。也因为如此，我们得以从容斟酌所写的是否合乎说话。在写白话时，最要避免的是欧语和译语的恶影响。书语在白话文中，只是一种特殊的字汇，它一点也不影响语法。我们应当以中国语的语序为白话文的文法，合乎语法便是合乎文法。

二十八年十二月十二日，昆明桃园。

原载1941年2月《国文月刊》第1卷第6期

清华大学文物陈列室成立经过

民国三十六年四月,美国普林斯顿大学为纪念建校二百周年,曾举行一国际的东方学术会议。该会分社会经济与艺术考古两组。后者特别提出中国的铜器、绘画与建筑为讨论的中心。清华大学美术系教授郑以蛰先生,因时间仓卒不克赴会。当时笔者与同校的冯芝生先生、梁思成先生因皆旅居该邦,所以与会。我们当时深感中国艺术在国际上有超越的地位,而沟通中西文化,介绍中国的精粹于西方,中国艺术实为最好的媒介。近数十年来,我国古物流传海外,为数至巨。欧美大学常设立中国美术课程,而美国若干博物院颇多以中国古物为其主要的陈列。然反顾国内大学,曾无一校有中国美术的专系。且介绍中国美术,必须对中国整个文化背景有深切的了解,此在西方学者实为大不可能之事。因此我们深感有自负此责任的需要,在大学中设立专系,并创办大学博物馆。当时想到以中国美术作一历史的研究,偏重各种不同的美术品的时代上的发展以及地域上的特征。为作此等研究,必须采备实物,或实地发掘、调查、征集各种遗物,然后才可能作科学的考察。当时也想到,为明了中国美术在世界美术的地位起见,为研究中国美术与其邻近的区域的互相影响起见,为使学生对于研究中国美术而具备某种特殊技术起见,我们也得介绍西洋美术并注意与中国为邻诸国的美术。我们也想到，初民艺术以及现在的民间艺术，亦当为我们研究的对象。我们又深感，大学中此等工作的开展，亦可以使同学们学习对于本国至高艺术的欣赏与了解。此等影响在当时不易察觉，然一旦受了薰陶，后来一定发生极大的力量。

以上是在普校大会中谈话的大概。去夏梁先生回校，与郑先生共同提倡，十一月间遂成立了中国美术史研究委员会，由有关的中国文学系、哲学系、人类学系、历史系、地质系、外国语文学系等教授十人组成。第一步工作为利用校中购书特款，移作购买古物。中国文学系最先拨款，以后各系及图书馆亦多出款。因款项有限，而我们的目的不在求精品而在求示范的佳品。所以在三四个月当中，搜集已小有可观。其中以商周铜器较多，其它玉器、陶器、骨器（包括一大宗私藏甲骨）、石器、漆木器以及汉以后的磁木瓦器等等，亦分门采集。今年二月间冯先生返校主持此会，遂决议于本年四月二十九日清华三十七周纪念日，将文物陈列室正式成立，公开展览，使校内外人士得随时观摩。笔者于以往四年中，曾历在英美加瑞法荷参观凡有中国古物的博物院，其中博物院之附属于大学或独立或研究机关者为数不多。最著者为华盛顿的佛锐亚美术馆，哈佛大学的伏克博物馆，加拿大的昂陀利亚博物馆，以及瑞典京城的远东古物馆。在美国境内，宾省大学、士丹佛大学、耶鲁大学等皆设有大学美术馆，而所藏中国古物数量均不大。以我们现有的收藏而论，比上不足，比下有余，而较之欧美中等博物院所藏中国古物已经没有什么逊色了。若以我们已经用了的钱，在纽约市上还不够买一件平常的铜器。

此次的成立，不过就大学博物馆的美术史的研究，作一尝试，而希望从此发轫，渐图开拓。凡此尚有待于艺术系的设立，研究室的开辟，拓片图书的充实，以及照相设备等。

笔者愿借此陈列室的成立，唤起社会人士对于古物的保存与研究。中国虽有《古物保管法》禁止古物出国，而实际上未曾实行，一般人皆以为牟利的商人应负其责，平心而论，此种责备并不公允。商人有字号，以贩卖古物为职业，公开于世，而古物皆打包打箱而出国，则准许古物出境者应负其责。此等人当是古物出境的元凶。其次，各种国籍各种身份的人，亦经常偷运，而现在已多有改海运为空运。更次，少数寄居海外有势力的中国寓公亦皆兼营此业，如去年出国的一批共一百数十箱已由沪到了纽约市场。推求古物之所以外运，因在国内无出路，公家不收，而私人藏家不发达。政府的博物院因限于经费无力大量收购，本是无可奈何之事。但若有能力的私人，能事收藏，亦是保存古物之一道。然此等人有时不免视古物为货物，他们的收藏乃投资的一种，故或待善价而沽，或因破产而分散，或为后代子孙所典卖。或则少存即去，或即印书以后复行散出，曾无一人肯以收藏捐送公家收藏的。试举二例：笔者在美国搜集八百五十件铜器中，有不少来自下列的收藏：张廷济、陈承裘、陈介祺、程洪溥、邹安、周鸿荪、方濬益、费念慈、潘祖荫、冯云鹏、何缓斋、徐乃昌、徐士恺、许延暄、奕志、李宗昉、李宗岱、刘鹗、刘喜海、刘体智、溥伦、溥伟、沈秉成、盛昱、丁艮山、丁麟年、丁树桢、端方、董佑诚、曹载奎、王锡棨、王懿荣、吴式芬、吴大澄、吴云、叶志诜、于省吾、余寿平等三十余人。差不多清代著名收藏家的东西俱已出国，其中有近人的收藏。民国二十四年商承祚编《十二家吉金图录》，此十二家亦有多少星散，此以后善斋、颂斋、双剑、诊痴庵、岩窟（以上各家皆有图录行世）诸家所藏，已皆先后见诸厂肆。凡此对古物于玩好及视为私人财产以外，似乎不注意古物为国家的遗产，故古物一旦流入私藏，仍不能保存古物于永久。笔者深愿有识之士，应以收藏古物转赠公家为国民的责任，庶几乎在能力所及的范围内尽量保存国粹。大学的博物馆，以研究并供众观摩为宗旨，而其经济能力实不能出重资购买，尤其希望收藏家慨然的赠与。

　　以古物为货物之弊，尚不止于流散。作伪与不当的修补皆因此而起，使古物本身价值大受损害。我人今日从市上收集古物，须要许多时间作辨别真伪的工作，而许多上好之品每每因修理与洗刷而失色。譬如古代铜祭器中于埋葬时亦偶置饭菜于鼎簋之中，常与铜锈生牢，出土后常遭剔去。成组出土的祭器，常因分售而失群。古物的价值，本不在其"皮毛"之好，形式之"脱俗"与否，尺寸的大小，"字文"之有无，而收藏家以玩好为主，故某种皮毛即提高价值，而不合此等标准的物品遂遭弃置，不知此中实有大有研究价值而遭疏忽的物品。又古物的出土地，往往为一种不必要的时尚所蒙蔽。如濬县出了铜器，一切周初铜器皆说"濬县里的"。大家趋尚清河与巨鹿的瓷器，于是一切宋瓷都是那儿出的。琉璃厂至今有不少的沈周、文徵明，都说是真的。此等习尚，只是不合理的高抬价格，鼓励作伪，而对古物之研究为甚大的障碍。我们希望古物有合理的处置，先得提倡新的收藏的风气。有了新的收藏家，进而提倡私藏归公，如此庶几乎

略略改善古物的厄运，使国家遗留的瑰宝永远为后代人所珍惜。

三十七年四月二十五日，清华园。

原载1948年5月1日天津《大公报》

敦煌在中国考古艺术史上的重要

十九世纪末叶以来五十年间，中国各地有许多考古学和艺术史上的发现与发掘，敦煌是其中最辉煌最可贵的一个。在南北长三里许的砾岩断岩上，凿了近五百个石窟，在石窟中保存了从纪元前四世纪至十四世纪（西魏大统年间至元至正年间）约一千年的历代壁画造像。在中国艺术史中，只有青铜与陶瓷有同样悠久的历史与丰富的成品，然而铜、瓷的发现是分散于各地的，时代也不一，不像莫高窟的历代壁画整整齐齐的集中于一处。这些壁画在荒无人烟的沙漠中，因为气候干燥与地势偏僻之故，经过了一千五百年而所保存之完整是稀有的。近五十年来人为的损害、盗窃、破坏，军队占住和无知者的剥削，其所损失的固然是极可痛惜的，但比之保存的只占了很小一部分。它和龙门、云冈、天龙山相比，真是不幸中之大幸。清季王道士发现了藏经洞（其大小据段文杰君测量：顶高一九〇公分，四壁高一五二公分，宽二六四公分，横长二八六公分；佛龛高五〇公分，宽九〇公分，横长一七〇公分），其中有许多写本、刻本、绘画、绣品及法器等，其精华部分先后为外国人捆载而去，留下的或归入国内公家，或流散在私人手中，至今市肆中还时常出现。其流传至于外国者，经向觉明、王重民两教授亲往摄影记录、还可以为研究者

所利用，亦是不幸中之小幸了。总而言之，莫高窟的现状可称是完整的；藏经洞所出的重要卷子等材料是足够使用的；所缺乏的是研究它的人们。

汉武帝建立河西四郡，敦煌是极西的一郡，在长城（即所谓边墙）的尽头是玉门和阳关。它们是边戍的总站，也是通西域大道的门户。小说《西游记》所描写的西域世界固然是想像的，但西方的寂寞是极可怕的。我是十一月中到河西的，曾经有一段记载：

> 塞外的太阳正像杜甫诗中所说的"边日少光晖"，正午的时候仿佛已是黄昏。出今玉门县，一片大漠，戈壁滩上的公路经布隆吉后笔直朝西，那时候正在下午二点左右。落日迎面，路上无人无树无物，只有沙漠。正应了古诗的"天似穹庐，笼盖四野"，你尽管有十分的自由，广大的地土让你奔驰，而你自觉被罩了起来。无怪乎人要膜拜太阳，太阳虽远，还是你惟一的无害的伴侣。天是既高而空，地是如此的无情，如此的单调，而在此寂寥之中隐隐埋伏了野兽的危险与饥渴无可投宿的恐惧。你心中的思想全体休息，只盼望一棵树，一口井，一丝炊烟。然而愈渴望而路愈长，笔直往西，毫无转折，我才知道古人命名"安西"，自有其原故。直等到我们把眼望花了，太阳快没了，才看到稀稀的一群树，树背后那个极小而为流沙掩到城堞的今安西"凤城"。我们才觉有了平安。

当然，古代的玉门、安西和今城不是一地，然而情况是相仿的。古代的西域大道要热闹一些，但是沙漠总是沙漠，并没有繁华。我们一路看到断断续续的长城，并不高大，所以叫他为边墙是最合适的。边墙每隔五里十里便有一所碉堡，就是汉代的烽燧；在烽燧附近埋藏了汉代的简札。这一道边墙，其意义是防备性的和象征性的，和边墙以外的游牧民族作一道有形的界线，要彼此互不侵犯。然因此而汉代大西北的警戒线一直伸入西域的东境，从此通天山南北大道在敦煌会合，成为沟通东西文化的经脉。那一站一站的烽燧，像传薪似的带来了西方的佛教和其艺术。河西首当其冲，所以敦煌县东南的莫高窟千佛洞，县西七十五里的西千佛洞，县东北二百八十里的万佛峡，鼎足而立形成了姊妹群的壁画洞窟。我们因敦煌洞窟与汉代边戍的密切关连，故以为敦煌学的研究应以汉代为起点。

以洞窟本身而言，它和上述的敦煌学的对象一样，不但时代长而其内容也是多样而自成有联系的一个整体。经人工开凿而成的石窟是一个没有梁架的建筑，包括洞门、甬道、四壁和顶上的藻井。在四壁和藻井上，涂以泥，敷以粉石灰，然后用色彩绘画佛教故事以及佛、菩萨和供养人等等。洞内则有立体的佛龛及雕塑的佛教造像。在当时还有织绣的帷幔、旗幡、挂幅、金属法器和供物等等，今已无存，但在藏经洞中是发现了的，现在大多数已被劫运国外了。当时窟外有寺，窟之外部也接连有木建筑，如今尚残存一部分。还有不少有花纹的地砖，以及石刻碑记等等。在藏经洞中，除了一小部分非关佛事的文书以外，大部分是佛经卷子，在当日是洞窟内和寺院中的东西。

敦煌石窟所出卷子以及壁画上的题记，大部分是汉文的，但也还有外族文字如梵文、藏文、回鹘文、龟兹文、西夏文等等的。敦煌壁画也多少直接间接受到中央亚细亚、印度和健陀罗的影响。所谓健陀罗乃希腊文化与印度文化在今阿富汗斯坦与印度交界地方所融合而成的佛教艺术。此等艺术先传入所谓西域的新疆，然后东入河西。在转播之间，作风已有改变，尤其是经过了本地文化的渲染与融合。新疆出土的古代泥塑像，立体的或模制成胎的浮雕式的，都是石刻的替身。长城以南，若云冈、天龙、龙门则又用石制，其它也有铜铸的巨像。然各地寺院仍以泥塑为多，唐及其后用漆胎、用木雕或用烧磁，则系较晚。总之，不但作风不同，所使用的材料也因地制宜而有分别。敦煌当东西大道的门户，对于接受西来佛教艺术得风气之先，然本土文化实为它的基础。

敦煌石窟是佛教艺术。佛教之传入中国是一件大事。祖先观念之形象化，魏晋玄学的出世观念，南北朝与外族的接触，为佛教在中国兴盛作了思想上的准备。六朝及其前的中国美术工艺则为西来的佛教艺术预备了条件。我们在此但述殉葬。

中国古代并无像佛教景教一类的宗教，对于祖先的崇拜与祭祀只是一种家庭仪式。商代贵族墓室中，亡者所住所用的恐怕比生前还要富丽，其中石雕刻、铜铸器和壁上彩绘是主要的艺术。在战国墓中，已有木俑。汉代瓦俑瓦明器以外，墓室的墙或砖上的彩画，石墓室中的刻画，都是很发达的。等到佛教兴盛以后，对已亡父母的追念，作墓之外，更移之于开窟造像，希冀以此功德保佑先人。自古以来对于祖先的崇拜，厚葬和祭祀，对于祖先灵魂不死灭的信仰，至此更寄托于较具体的佛的世界里面。因此崇佛与崇祖两事混淆起来，使地下的墓室变成了石窟与寺庙。已故的先人，自己的未来都在佛的世界里会合。在石窟中，供养人、亡父母和佛在一起，过去现在未来在一起。

在六朝及其前，殉葬工艺也为佛教艺术预备了技术上的条件。立体的造像不限于石，可以是木瓦等质的；平面的线条（写形的与图案的）绘画已经很发达了。除了用颜料彩绘于粉壁砖瓦纸绢之上外，尚有髹漆技术的高度发达。神话故事和天仙等等也成为题材之一，并且在壁上石上纸绢上有了单幅的或连续的故事画。商以来图案画的极端进步，人与兽虽不联系而是各自向前发展的，到了战国而有了人兽斗搏的图像。汉至六朝人物是绘画的主题，山水和建筑是填补空白（在以前用图案填补）的背景，但后者的出现是后来山水画的由来。在这样条件之下，对于佛教艺术的传入是容易接受的，是容易取佛教题材成为了中国笔调的艺术作品。佛教题材的传入，也促使中国本土艺术在内容上与技巧上增加新生命。敦煌的壁画与雕塑就是最好的模范。

发现敦煌画和写本卷子，在中国绘画史和书法史上起了很剧烈的作用。过去收藏家和鉴赏家对于书画家名望的崇拜，对于碑版拓本先后的讲究，对于民间雕塑绘画的漠视，都应该有所改变。敦煌画之可以断代和没有真伪的问题，使它成为最好的艺术史材料。敦煌画之成于无数无名的画人之手，使它成为最好的民间艺术的代表，成为某一个时代一般性的代表。艺术史所最关心的是什么朝代什么地方什么种人的作品，而不限于那一个人的作品，在书法史上，我们现在有了商代笔写的字迹，有了战国时代的字迹，有很多汉晋器物和简札上的笔迹，如今更增加了六朝唐宋的写本。它们的价值不在碑版以下，它们除了在版本校勘文献学上有重大的贡献以外，在书法史上和近代文字学上提供了很丰富而可靠的材料。总之，敦煌为我们开拓了一个很大很光辉的园地，需要更多人更多时间去工作。

过去敦煌的工作只是一个开端，我们还没有很好的联系敦煌与内地佛教艺术血脉的关系，我们自己更少对于西域文明以及西域文明所从来的域外文化追寻其传播的关系。我们还不够注意与敦煌相等的较后的民间艺术和少数民族（如台湾高山族和苗傜的）艺术。我们更没有利用这些宝贵的遗产作为今日艺术的一个成分，来创造民族形式。我们对于产生此伟大的佛教艺术的背景，对于佛教画中的故事来源，都缺乏较详备的认识。我们还没有分析壁画颜料的化学成分，还没有更好的技术来保存剥蚀的画面和对于重叠数层画面的剥分手续。凡此等等，都是无可讳言的，我们深切的希望它慢慢的逐步的开展起来。今日当务之急，还是早日将敦煌画用种种方法（摄景，临摹，线钩等等）整个儿的记录出来。伯希和的敦煌图录出版已将近三十年，到今天还没有可以代替的中国图录，这是令我们惭愧的。

以上就我平日所感，略略写出一点意见。我个人对此是外行，但也很感兴趣，希望他日能从事一部分工作。一九四八年十一月间，曾出嘉峪关而至敦煌作数日之游，当时北京正待解放，匆匆赶去又匆匆离去，实为平生的憾事。但是身历其境，觉宝山的庄严灿烂，其愉快不可以笔宣。当时看到敦煌艺术研究所常书鸿先生和工作同人的生活与精神，深为钦佩，他们实在具有古代僧人与画人的两种德性。此种工作，不但要继续，还要扩大。一九四四年向觉明、夏作铭、阎文儒诸先生在河西的发掘，也得到很大的收获。我们希望考古工作与敦煌艺术工作互相联系。除就地工作以外，还应该在北京成立联合性的敦煌学研究中心。我们也希望将来在兰州成立大西北考古中心，作为大西北区域考古艺术联系之处。希望这一次的敦煌壁画展览，不但表现了敦煌文物研究所数年来辛勤的收获，并将因其内容的生动与丰富吸引更多的同志们到西北去作考古艺术的工作。

一九五一年四月初，北京朗润园。

原载1951年5月《文物参考资料》第2卷第4期

中华民族文化的共同性

这一次全国基本建设出土文物的会展，是解放以后文物工作中的一件大事。它标示着三十年来迂缓的田野考古工作转向积极的快速的发展，扩大了考古工作的面积，并把学院式的工作成为人民的事业，成为建设社会主义社会过程中不可缺少的一种工作。我国的建设正在开始，但在不久的将来，考古工作将随建设的高潮而更加扩大起来，会大大地改变了考古工作的面貌。

上面的话，并不是夸大的。这一次会展就是明证。我们在参加筹备布置的十多天中，接触了三千多件的宝物，它不但供给了我们许多新鲜的资料，增多了若干可以赞美不止的精品，解决了我们平日虚悬不决的一些问题，最重要的还是它呈现了一幅几千年长时期中分布在广大地域内的古代文物的全貌。这个轮廓，简单地说明了一句要紧的话：我们中华民族，尽管有这么长的历史，占据了这么大的地面，有很多的民族，而它表现在万千的古代文物上却有一个毫无疑问的共同性。中华民族文化的共同性，指出了时代的延续性和地域的普遍性。我们从事于考古学的、历史学的、美术史的和工艺史的，都应该首先着眼于此，在大同之中见小异，不可因小异而忘大同。

所谓时代的延续性，是说从石器时代下来，数千年之久其中的发展的脉络是可寻见的。若干的器皿与工具，在材料上、制作的方法上、形式与装饰上，是有变化的。倘若我们汇聚充分的地下材料，便可发现它们先后相承、逐渐改进的踪迹。会展中有不少的生产工具，有些早到新石器时代。那时代利用蚌壳作为收割庄稼的工具，长方形有一或二孔的是铚，半月形一端锐的是镰。但同时已有了石制的。蚌制的与石制的到了殷代还是并用的。后来铁器盛行，才有了直到今天还用的爪镰与镰刀。蚌制的本来是很小的，用手把握着使的。后来安了短木柄，到铁镰又把柄伸长了，这样人们可以站着使用。使用石铚和石镰的，可以早到新石器时代，那么那时人们已从事农业了。

形制大致相似的石铚和石镰，发现于广大的地域内，这就是地域的普遍性。会展中不同地区所出的陶器、磁器、铜器、漆器等等，虽然各有各的稍稍不同的风格，但大致上是一个源头来的，只是大同小异而已。若是把会展中的同一时期同一材料的文物混聚于一堆，那么某一类的专家必需费了很大功夫才能大略地分别其出土的地域，尚不免有错误。但是对于一个普通的观众，他看了这一堆文物，一定能正确的判断它们全是中国的。会展中关于人像一项有十分丰富的材料，上自战国，下迄元明，有铜、陶、木制、石刻之别，有塑、有铸，有雕，但我们一望而知所象的是中国人，而作者都是我们先代的无名工师。当然，汉以后佛教艺术的传入，是有影响的。但中华民族文化的发展是进步的，并且是融会的，而在融会了以后仍然以中华民族文化的本色为其主要的成分。

这样看来，我们不要用年代时代朝代来切断中华民族文化成

为一段一朝的，高山大河也没有间隔中华民族文化成为一区一块的。我们勤劳的中华民族，在宽阔的丰美的大地上，经过了悠久的岁月，自我的发展与多方的融会，创造了这样一个伟大而丰富的文化，是大大地足以骄傲的。这次会展给我最深的印象的，就是这一点。

我们所说的共同性，当然不是说所有各地文物都是一模一样的。正如我们不能说中国话中国人都是一样的，但我们说中国话和中国人是有共同性的，一看一听就察觉出来的。我们所说的共同性，也丝毫没有有意的抹杀文物在时代上地域上的差异。在时代上，不同类别的文物在发展中，有的进步了，有的衰退了，那是当然的。在地域的分布上，也不难看见表现在文物上的地方性，文物本身的多样性。这些正表示中国文物是丰富的多变的，不是单调的一味模拟的。我们若从发展上观察在时代相延续的中间，在地壤相接联的地带，各代各地文物是如何承袭的演变，如何转移的滋长，那么便可以找到中国文化之如何融浑而成的。今天会展的全部出品，不过个别的具体的说明这种联系之存在。

但是，过去的学者们往往忽视了这种共同性，常常有意的去寻求地方性或差异性，并且过分的强调它。有人以为广东、东北路途遥远，文物一定有异样的不同。又有人只看到甲朝与丙朝，甲地与丙地的不同，强调它们的不同，不去找乙朝与乙地的连锁的关系。如此割断的分散的去看各时代各地方的文物，自然看不见时代的延续性和地域的普遍性；这样的研究古代文化总是片段的孤立的，而不是全面的整体的。所以产生这种错误的原因，一则由于方法观点上的错误，一则由于所见材料的狭窄有限。这些材料常常是零散的，不可靠的。解放以前，一谈铜器总离不了安阳、洛阳、寿州等等地方，仿佛出土的总这几处。会展中安阳大司空村、郑州二里冈和白沙水库所出的殷代铜器，不但是同时代的，并是相同的作法。我们以前认为安阳铜器的，一定有不少不出于安阳，而是出于其它的殷代遗址的。

会展中的出品，对于文物的地理上的分布有了重大的贡献，其次是同墓同址的成群文物的保存，也是极有价值的。至于它是否完全达到了考古发掘的科学水平，在目前我们的要求不能过高。由于时间、人力和配合基本建设工程为首要任务的种种条件下，全国的文物考古工作者已经尽了最大的努力。这些出土文物，不但在学术研究上是有价值的，而且还是重要的。我们必须纠正，过去有一些考古学者们，第一不相信中国书上的材料，第二不相信不是他们自己发掘的材料，第三不相信非发掘出土的材料，第四不大相信地面采集的材料。这种是完全不正确的。当然，我们十分希望地下的古物能经过严格的科学方法发掘，才是第一等的考古材料。但是，除此以外，只要是出土的材料，总有它一定的价值。这些材料，若汇聚起来，经过好好地比较分析，还是对于学术研究有极大的贡献的。但是我们希望在保存古物的基础上，在清理古墓古遗址的工作过程中，逐渐地学习并把握科学发掘与科学整理的方法。我们未来的考古学，将是许多同志根据有限的过去的考古经验，在我国伟大的建设工程中摸索与创造新的道路。新中国的考古学，将会在建设新中国的工程中间长大起来。

在会展的布置过程中，听到各区来的工作同志的一些谈话。

他们的问题是人力与技术。现有的受过考古训练的人们,就是全体投入,也解决不了人数的问题;而在技术方面也并不足以应付当前的许多困难问题。我们说当前的许多问题,是因为有些问题是前所未有的。譬如说,怎样发掘古代的城址,怎样保存漆器与竹简,怎样在短期内完成大规模的清理工作,这些完全是新的问题。这些问题的出现,仿佛是重重的困难,但它说明了考古事业的发展,工作范围、种类的扩大。这些新问题正是我们今天应该研究而想法解决的。

这次会展,给了全国文物考古工作者一个互相观摩互相学习的机会。我们的工作是有困难的,各个的地区又是分隔很远的,但如我们以上所说的文物的共同性,有若干工作上的问题是可以互相交换而得解决的。我们必须要团结合作,互通消息,在实际工作之中加紧学习,深入研究。我希望由于此次出土文物会展的展出,对于我们工作者自己,应趁此机会进一步的共同商讨。交流工作中的经验,共同研究工作方法和如何解决困难问题。这次的会展是一个良好的开端,希望接下去有第二次有第三次,接下去有会展又有会议,接下去有工作的竞赛会展。这是我的希望。

原载1954年9月《文物参考资料》第9期

洛阳出土嗣子壶归国记

民国三十三年十一月，我们初到芝加哥，当时张仲述夫妇已由土耳其到纽约，约我们去纽约一游。大约在圣诞节前数日，我们同住于纽约上市的白宫旅馆。有一日同游无线电城，即在东四十九条街吃中国馆，我问起纽约的卢公司，张先生立刻给我通电话，当天下午我们到了那儿，是在东五十七条街。卢先生是浙江吴兴人，年纪已六十开外，身材瘦小，而精神极好，行动敏捷。他的北方官话很差，故我们都讲家乡话。他说在他经营中国古物四十年间，时常有英欧和日本学者到他地方寻材料，这一次他难得的逢到自己国人，更觉欢喜非常，告我凡一切他可帮助的，他都衷心地乐意为我做。

我在外四载，集中心力搜集中国铜器之流传于美加欧者，在经济上多得罗氏基金会的人文学组、哈佛大学的哈佛燕京社和芝加哥大学的帮助。然在进行工作之际，除了各大博物院外，卢先生的贡献最大。我工作的起始可说从卢公司出发。由他的通信卡片中寻到所有私人收藏家的地址和所藏的铜器；由他出售铜器的底本上寻到所有博物馆的收藏；由他的照相底片中我得到千数以上的铜器照片；由他助手开罗君的帮忙，我们摄了凡可到手的铜器；而在他的仓库中我亲手观摩了数百件精美的铜器。我们两次到纽约仓库看法

国富豪大卫魏尔的中国古铜并一一摄影。卢公司发源于巴黎，故我后来赴欧，颇得他的便利。在纽约他的店里，经常是学者与收藏家的集会之所，我到纽约看铜器也以卢公司为歇脚处。

三十六年八月初，我由纽约飞往欧洲。旅行之际，我向卢先生告别并希望他对于我回清华筹备博物馆有所赞助，他一口答应了。他并且说凡有铭文的重要铜器，他很愿意它们回国。我当时即指名要嗣子壶，他说一等我们的博物馆稍有眉下，他即邮寄来。我于十月间归国，十一月间清华大学设立美术史研究委员会，筹备博物馆（后来定名为文物陈列室）和美术系。今年春天我写信告诉他壶可以寄来了，我们自己也有了上百件的铜器。因为接洽运输，此壶于八月初由纽约航空运来，八月底到了北平，在海关存了达三月之久。卢先生在运物单上估了五千美金的价值，海关要这件回国的铜器付税。十月间叶公超先生过北平，小游，我们拜托他疏通，十一月间我们听说可以免税提取。一直到十二月初，这件铜器才到了清华大学。我们几乎费了一年的功夫接洽捐赠、运输与提取。

现在这件铜器居然平安的放在陈列室，我个人有无限的快慰。并不是因为在我们的收藏之中更多了一件重要的铜器，倒是为了这件重器渡重洋寄居巴黎纽约二十年之久，现在又回到了老家。我个人特别感谢卢先生，因为他使我个人多年的梦想忽然实现：第一是大学博物馆需要靠公私的交换与捐赠；第二是古物中有历史价值者应该保存在国内，其已出者设法请其回来。

卅七年十二月七日。

原载1997年《文物天地》双月刊第2期